昨天发生的一切都不是真的

我两手空空，只为奔向你。

2024年8月

首版首印纪念章

昨天发生的一切都不是真的

鲁羊 著

浙江文艺出版社
Zhejiang Literature & Art Publishing House

图书在版编目（CIP）数据

昨天发生的一切都不是真的 / 鲁羊著. -- 杭州：
浙江文艺出版社, 2024. 8. -- ISBN 978-7-5339-7696-5

Ⅰ. I227

中国国家版本馆CIP数据核字第2024H0D498号

责任编辑：陈园

昨天发生的一切都不是真的

鲁羊　著

全案策划

大星（上海）文化传媒有限公司

出版发行

浙江文艺出版社

杭州市环城北路177号15楼　邮编 310003

浙江省新华书店集团有限公司 经销

浙江新华数码印务有限公司 印刷

2024年8月第1版　2024年8月第1次印刷

889毫米×1194毫米　32开本　10.75印张

印数：1－8000　字数：209千字

书号：ISBN 978-7-5339-7696-5

定价：59.90元

目录

没有什么比真正看见自己更为珍贵的体验了

序言："他两手空空，只为奔向你"

鲁羊邀请我来为他的诗集写序，
他竟真的正式邀请我为他写序，
一个还没有出版过任何诗集的人！
这是意料之外，但又在情理之中。
我所认识的鲁羊向来小心谨慎，却又大胆前行。
他谦和有礼，却不接受任何世俗之见的规训。
他敢于突破，敢于放弃，敢于清空一切从零开始。
他真正的勇气在于敢于"两手空空，只为奔向你"。

鲁羊的第一本个人诗集《我仍然无法深知》，
每一首诗都好似被清水滤过，清澈而绝无任何杂质。
如同来自高山之巅的声音，
一个古老的诗人藏在一个年轻的身体里。
他让我们看到了真理从天而降的可能，
看到了一个冥想者在空阔而透明的容器内，

参悟这个世界的可能。
诗歌只是他独特的参悟方式。
即便他不再写诗，
他的诗歌所呈现的幽深、复杂而又异常干净的面貌，
也永远无法被遮蔽更无法被混同。

如同一切真理都必须经过考验，
年轻的诗人自愿开启了身体的百叶窗，
从透明的容器内走了出来。
生活的甜蜜和苦涩毫无阻挡地穿过他的身体，
甚至在关键的时刻给了他致命的一击。
他又重新开始写诗，他竟重新开始写诗，
抛弃了过往的一切荣光。
如同第一次学习走路一样开始写诗，
如同第一次睁开眼睛一样看着世界。
我好像听到他在说，机会来了！

他坦然接受生活给予的一切，所有的幸福和哀伤，
并把它们化作礼物，毫不吝啬地双手捧出，
《昨天发生的一切都不是真的》这本诗集是鲁羊交出的答卷，
是面对生活严峻考验后的答卷。但它更是礼物。
鲁羊通过这些诗歌告诉我们，
无论处于怎样的境遇或者怎样的人群中，

我们都可以从中看见自己。

没有什么比真正看见自己更为珍贵的体验了。

而诗歌完整地保留了这一过程。

鲁羊是一个拥有身体百叶窗，罩着透明容器的古老的诗人，

也是一个刚出生，每一步都是第一步，沐浴着朝阳的崭新的诗人。

我也写诗，但我希望可以成为像他那样的诗人：

永远拥有可以放下一切，"两手空空，只为奔向你"的勇气。

这是作为一个诗人极大的幸福，

也是作为一个人极大的幸福。

王立沙[*]

2024 年 4 月 17 日

---

[*] 王立沙，诗人，南京国际学校中文教师。

第一辑

哈勃图

但在恐惧之中我也感到安慰

所往之处

一只小狗

被关在车的后备箱里

由此地被带到了彼地

也许是两座不同的城市

它完全不知道所经历的路程

然而车刚停下

它就从后备箱里跳出来

在一处草地上愉快地奔跑

一只蚂蚁

爬在一片树叶上

一阵风吹过来

它不知自己将被带往何方

我不知道它是否恐惧

当我躺在病床上

我是恐惧的

我不知道你要把我带往何处

但在恐惧之中我也感到安慰

因为那所往之处

也是你必到之地

2018.12.10

小清单

1. 一杯清淡的米汤和一只白面馒头，一个煮鸡蛋
2. 你在小锅里烫熟的新鲜蔬菜和蘑菇
3. 医院走廊尽头，午后突然出现的六平方尺明亮
   而灼人的阳光
4. 你为我选购的一件很暖和、很好看的羽绒服
5. 你从温暖如春的云南订购来的粉色玫瑰，你亲
   手将它们修剪好，插入弃置不用的金属烧水壶

（这时我注意到，"你"的出现几乎点铁成金，让
黯淡的时光变得令人惊奇）

6. 还有几首朴素而伟大的诗。如同亲切的目光落
   在我身上
   ……

大雪飞扬的夜晚，有时为了摈弃一个想法
我需要调动一支隐形的大军
认真地拒绝被冰雪覆盖的生活

2018.12.13

插旗睡觉

他们告诫我，脑子受伤了之后你会很困倦，而困
倦时一定要睡觉。还补充说我们为此可以克服许
多困难。困倦应该获得我们的尊重，我们应该无
条件服从它的指令。所以，在往后的日子里我最
好随时让自己睡倒。只要困倦来临，我希望自己
能翻身就睡一觉。我随身带着一面旗子，在河边
走累了，我就把旗子插在一棵大树下。风一吹，
路人就看见旗子上的字。我对所有路人的留言：
我在睡觉，请勿扰。如果刮大风，下大雨，请把
我叫醒。麻烦你了！这面旗子，我争取插遍我喜
欢的草地、山坡、水边、树荫下。甚至插到你可
能会经过的小路边。希望有一天风雨将至时，我
能被你唤醒。睁眼就看见你的笑脸。

2018.12.15

往返

眼前别无他物

只有一座近乎抽象的大山

大山很高，就在眼前，高耸接天

我觉得自己就站在

接近大山尖顶的地方

前方不远，竖立着一根细细的金属杆子

用途不明

和大山相比

它就像一根无用的独毛

长在人体一个意想不到的地方

在山下的我

眺望接近山顶处的我

只看见满山苍翠

我不知道太阳在哪里照耀

却坚定地认为

整座大山都在阳光下

都沐浴在阳光中

视野之内洋溢着温暖的光

我在短暂的时间里经历了一个往返

却不知道从哪里到哪里

2018.12.17

只有一座近乎抽象的大山

力气

你用的力气都不对

用得越多，就越相反

你不需要用太多力气

只要用一点点力气——

那一点点力气就像是一个用力的意思

用力的意思刚一产生就收住，放松自己——

怎样的力气才相当于一个用力的意思

而不是用力本身呢

怎样在这个意思刚一产生的瞬间

就放松下来呢——

也许根本没有力气的手指

微微颤动起来的瞬间

就把这个用力的意思完全放下

就像从未产生这个意思一样

2018.12.20

爱人和橙子

爱人从江西南部的山区订购了橙子

果园主人等她下单后再去采摘

耽误了好几天时间

橙子才到达我们的面前

爱人从纸箱里掏出一个

惊喜地说：橙子还带着水珠！

我用手握了握那只橙子，微微有些潮湿

也许采摘的那天

那片山坡上下雨了，也可能在下雪

那里的雨雪随着橙子来到爱人手里

又立即转交到我的手里

握着那只橙子

感受着凉凉的水分

我想象着我从未见到过的那片山坡

还有山坡上下过的雨水，下过的雪花

照耀过的阳光

我把那片山坡当作背景

让爱人置身其中

让她去采下那个橙子

让她采到那个橙子，带着水珠

递到我手里

2018.12.21

他们回来了，我还没有

在我住院期间
朋友们不断地出去又回来
他们去了香港、武汉
或者开车行驶在某条高速公路上
他们有时会说起他们的位置
我的旅行也从那一刹那开始
追上他们，到他们身边
并且一直悬浮在那儿
深圳、香港或是某条高速公路

有一天，我问起韩东在香港的生活
毛焰说他早就回来了
总是这样，朋友们已经回来了
我还没有
我的身体在病床上
而某个感知，若即若离
滞留于远方
像一小团模糊的星光

2018.12.23

朋友们已经回来了 / 我还没有

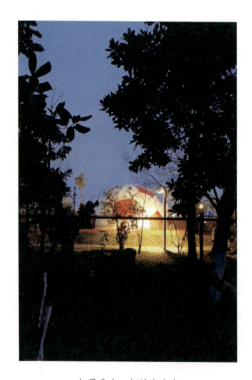

如果我有一辆神奇鹿车

最好的平安夜

多年前的平安夜

有个女孩曾经身处荒凉的东郊

她看到灯光黯淡，店铺打烊

难过得流下眼泪

而今夜，她就睡在临窗的沙发上，呼吸均匀

我想轻声对她说抱歉

这病房远比郊野更偏僻

如果我有一辆神奇鹿车

载满逗人开心的礼物

也许就能赶往多年前的那个平安夜

去劝慰那个委屈的女孩

我想让她止住泪水

让她明白

那年的平安夜

是最好的一个平安夜

如今在孤岛般的病房里

我反复想着一个男人的遗憾

整夜不能入睡

仿佛面对一行无法改动的诗句

而我一心要改写到完美

2018.12.25

扛木棍的少年

那一年的秋天
屋后的一条小河被无缘无故填埋了
小河很长时间都没有真正消失
填埋的沙土总是渗出水来
少年赤脚走在平滑细腻的沙地上
就会有一串脚印留下来
脚印里很快就渗满水

那是深秋的中午
潮湿的沙土应该很凉了
但是中午的阳光很暖
光脚的少年感到头顶很温暖
脚掌下的沙土细腻而凉爽
只要多站一会儿
脚下渗出的水就会没过脚背
少年没有停留
他肩上扛着一根手臂粗的木棍
他不知道扛这根树枝或木棍有什么用处

父亲吩咐我这么做
少年心里这么说
而且肩上的分量也不那么沉重
比什么也不扛更加轻松

2018.12.28

比什么也不扛更加轻松

走路是件多么不可思议的奇迹

走路的奇迹

医院大厅里，人潮涌动

我扶着轮椅靠墙边站着

贪婪地观察，每个从我面前走过的人

男的女的长的短的清闲的负重的

我观察他们的脚踝，膝盖，小腿，大腿，臀部

仿佛这些才是他们的脸和五官

我想看清楚那么多部位怎样自动地配合着

怎样走了一步又一步，那样轻松美妙

比最好听的音乐更加迷人

但是没有人为此自恋或者停下脚步，陶醉片刻

我看着他们看得那样贪婪

我甚至希望能看到那些奔走的腿

奔走的脚赤裸的样子

希望看清楚那些关节和肌肉究竟怎样

正确而巧妙地配合

才能走得那样轻快，那样美好

我扶着轮椅，靠在墙边

悄悄移动自己的两只脚

害羞地隐藏它们笨拙而虚弱的步态

治疗师每天都告诉我："它们还需要学习！"

我看着那些表情各异的臀，大腿，膝盖，小腿，脚踝和脚掌

忽然觉得那些走路必须使用的
关节和肌肉都娇艳地呈现出来

我想拉住每个人赞叹一句，走路是件多么不可思议的奇迹！
我会说，不为人知使这个奇迹更加不可思议

2019.1.3

奎妮的情歌

我躺在窄小的硬床上

肩部和腕部贴着电极片

为了诱发拇长肌的外展力

我的局部肌体被通上电流接受刺激

护工吴老师（我们都这么喊她）坐在床的右边

光线较暗的一侧

你坐在我的左边，关注着我拇指的动态

你的手机放在窄窄的窗台上

里面播放着英国人写的小说《奎妮的情歌》

"等我看到你的脸，你看到我的脸时，

我就转而看向窗户"

我悄悄看向你的脸

你没有发现我的目光

所以你没有将眼睛望向窗外

这让我可以认真地看你美丽的眼睛

我笑了笑，这次你看向我

我轻声说，这会儿，我真安心

声音很轻，好像只说给自己听

再过十分钟，理疗结束的滴滴声会响起

焦急的实习医生就解放了

他们马上就可以掠过我们

走出医院

2019.1.6

谁曾料想，抵御悲伤是件力气活

他的身体太虚弱了
谁曾料想，抵御悲伤是件力气活

喜怒不形于色，神情潇洒
那样的人是最了不起的大力士
大力士也会受伤
会一下子丢失抵御悲伤的能力
像个柔弱的婴儿
随时张开嘴巴痛哭
你想安抚他，可是无从着手
谁曾料想，抵御悲伤是件力气活

2019.1.6

关于左手的微小冥想

我们并肩站在乡野的辽阔天空下

一群鸟儿飞过，落下一根灰色的羽毛

那根羽毛轻轻飘落在你的头发上

我要敏捷地伸出左手的两根手指

用指尖凌空夹住它，然后一松

又轻轻吹一口气

那根羽毛就飘到轻拂乡野的晚风中

我们坐在门前大柳树下的小桌旁

漫不经心地下象棋

这局棋必须让你赢

这局棋你已经赢了多年，今天也要赢

我必须输在一招不可能的错棋上

我趁你望向远山的那一会儿工夫

用左手食指的指尖轻轻一推

一枚宝贵的棋子就此变成心甘情愿的损失

2019.1.15

那根羽毛就飘到轻拂乡野的晚风中

哈勃图

遥远的星系在离我们远去

距离越远，远离的速度就越快

其实我们自己也很遥远

我们远离的速度一定非常惊人

大家对此事闭口不提

大约是因为我们不知道自己正在

远离什么，远离谁

而且是无限地远离

深入地想一想，总会感到

一丝惊慌

然而老子在大青牛的背上

曾经回头对我们说

别急

等一等就都回来了

包括我们自己

2019.2.10

终极试炼

据说这是智慧的终极试炼

山崩地裂

他将如何细听

静谧之音

悲伤的洪流汹涌而至

他如何将它

化作内心安宁纯洁的

涓涓细流

一面看到全世界倾倒在他头顶

一面看到这只是太古自然

一念之间的迷失

2019.2.3

随机的旅程

据说我们生活的每一天

皆可视为随机的一天

当每一天前无因后无果

脱离所有理性和情感的序列

那样的一天，将会是怎样的一天？

每一次触摸都是全新的

每一声啼哭都是前所未有

每一次睁开眼睛都看见一处新世界

如果我们经历的每一趟浮生

都可以视为随机的旅程

前无果后无因

脱离全部想象累计而成的某个序列

那会是怎样的旅程？

那样的旅程到处都是意外的景象在自由绽放

每一次遭遇都会像冷静而超然的诗句

据说，那样的诗句虽然有些难以理解

却也美如天籁

2019.2.7

它几乎已经不存在了

几乎不存在的器物

你不假思索，一屁股坐了下去

你惊叫一声

你坐上去的那个东西

既非椅子也非凳子

而是一件几乎不存在的器物

在往昔时代的家居布置中

它放置在沙发的一端，又冷静又谦和

像一个退休了的工作能手

它浑身都显出有效的构思

譬如它可以是一张小小的茶几

它有插报纸的地方

还有插放各种遥控器的地方

这些细节让它显得无比陈腐和怪诞

至今我们都不能说出这个器物的正式名称

你曾经上百次想把它扔到楼下

你说它长得就像一件垃圾

所以在想象中它已被抛弃上百次了

它几乎已经不存在了

此刻你不安地坐在上面这个事实

告诉我们，有些东西即使几乎不存在

也没有真的不存在

即使那是件丑陋的无名的器物

早已开始松动

却忽然透出意外的真实性

和颇有把握的幽默感

2019. 2. 23

老鲁端着一棵桃树

如果他坐在小张家门前不是

贪恋开春以来难得的阳光

如果他已经恢复了从前敏捷的步态

也许他就不会在藤椅中坐那么久

那么久地看两只毛茸茸的小狗

在灌木丛里嬉戏

那么久地听第一批盛开的花枝间

蜜蜂们声势浩大的"嗡嗡"声

嗯，他就会一跃而起，伸出左手

端起一棵开花的杏树

或者如朋友们期待的那样，端起了一棵桃树

带着满树蜜蜂们独特的音频

就那么在村子里来回地走

即使走到朋友家的门前也不会停留太久

因为他觉得举着一棵

那么大那么茂盛而且开满了花的桃树

不应该坐着，也不应该站着不动

就应该那样满村里到处走个不停

甚至要晒着太阳

走到春天午后的水边去

走到离水边不太远的山坡上去

2019.3.16

香格里拉的羊

在香格里拉的草原上

一只羊走近

抬头看着

傻站在它面前的人

眼神异样地专注

它身边有两只稚嫩的小羊羔

也停下来，但随时准备蹦蹦跳跳地走开

就像人类调皮的孩子

它们安安静静地和我对望着

眼神越来越熟悉，越来越亲近

不远处走来一只母羊

轻声轻气地叫了两声

它们一家转身从我面前离开了

我看着它们离去

大面积的雨云在亮闪闪的阳光中飘移

落下的阴影在草原深处的山体上疾速地掠过

耳边的风发出细微的啸音

如同持续地吹过一根不存在的金属丝

2019.3.18

教诲

年轻的医生十万火急

奔向目的地

去挽救一个病人的性命

但在最后关头遇到不可逾越的

障碍

他失败了

病人只好绝望地死去

此事已成定局

但恰好那时有消息传来，另一处，有一个病人获救了

焦急而伤心的医生

抬头望向半空，说出他的台词

"今天是美好的一天，

我们挽救了一个生命！"

那被挽救的

那未被挽救的

彼此留下

虚无的肌理

2019.3.12

它的奥秘不在于隐晦，而在于过分明显

生日晨读

我们通常认为

一册包含着奥秘的书

神奇的谜底多半会藏在最后几页

生日的早晨

忽然发现这本书已经快要翻完了

我们却没有看清其中任何一个句子

甚至单独一个字

于是我们说，奥秘都明明写在最初的几页上

好吧，赶紧翻回去，毫无希望地找找看

我们敬畏地捏着那些最初和最后的书页

虽然心绪渺茫却固执地相信

谜题的答案就在书页的空白处

或有此种可能——

它的奥秘不在于隐晦，而在于过分明显

就像照耀万物的明晃晃的光

有人说，我们对它视而不见是因为年老目衰

也有人说，是因为我们始终太年轻

2019.3.26

密林之春

说不定，我的体内是一座密林

它有它自己的季节

有时摆出完全独立的孤寒姿态

似乎与外界无关

有一天，那些从不知名处迁徙而来的鸟儿

灵巧地由其中一支树梢跃向另一支树梢

带着轻微的弹性

那些鸟儿的每一次跳跃

都让整座密林发出一阵震颤

好像有无数根纤细的神经

刹那间恢复了最正确的连接方式

整座密林不再僵硬、滞重

潮湿幽深的地方也瞬间洒下细碎闪耀的阳光

这座曾经冰雪覆盖，无声无息的密林

也就在刹那间迎来了它的春天

那些神奇的鸟儿

每次跳跃之时都会大声鸣叫，互相对话

一点也不在乎

其中有什么秘密泄漏出来

2019.3.26—27

它有它自己的季节

我曾梦见一人

我曾梦见一人，孤单又凄惶。他不在南京。他不在中国。他不在任何人身边。但是，他时时在人间。

据说，作为人间一员的时候，忧伤和羞耻让他像惊弓之鸟般不断奔走和逃离，所以他，终究不在这里，也不在那里，不在家庭里，也不在熙攘的街头，也不在别人的谈话里。

有时他寸步未移，却已经完成了极度复杂的迁徙。

也许他只能在外面，在事物和语言的外面，在感情的外面，在视野外面，甚至在多数想象的外面。假如你和他邂逅于偶然的梦境，最不该问的话就是"你家住哪里"。

我曾不安地梦见过无处接纳的放逐之人。漂浮到记忆的外面。滞留在人与神的外面。

据说，他曾出现在无何有之乡的门外
有时站起来
有时坐下去
我没有看见他从那儿离开

我知道，他已经不动声色地

漂出了我的记忆

2019.4.1

哪来的达摩

没有受到惊扰

天亮的时候

那片树林里的鸟鸣没有形成往常的喧闹

稀疏柔和的几声鸣叫传来

仿佛对你说还早

还可以再睡一会儿懒觉

可是大事已经发生了

几天前圆寂的达摩大师

悄然脱离岩石的墓穴，一路西行

达摩大师的面容不改。无限悲苦。又无限刚猛

他光着双脚。步伐坚定。脚趾紧抠大地

像一棵古树外露的根须

他有一双崭新的僧鞋

留下一只在墓穴，另一只挂在禅杖上

随着他的脚步在杖头摇晃着

没有受到惊扰

天亮的时候有人看见达摩大师

西去的身影

和那只摇晃的鞋

那人在心里惊叫起来：哪来的达摩？

达摩大师听见了，低声说：

是的，哪来的达摩

2019.4.3灵谷寺侧

春天

油菜花卷起巨大的黄色波浪

天地间弥漫着浓郁的植物清香

地面坚实，平坦甚至光亮

没有蚁穴，没有虚土

没有生物在那儿能留下足迹

大象也不能

那儿有一个极简的，抽象的春天

我看不见其他人的踪影，只能凭着恍惚的直觉

猜想一位亲切的朋友刚刚在那儿

愉快地走过

甚至看见他牵着一条聪明而温顺的狗

2019.4.7

那儿有一个极简的，抽象的春天

你的生日恰逢满月之夜

你的生日恰逢满月之夜

我们坐在树林里

被一群大树包围

从黄昏到夜晚，随意地谈话

就在其中某一瞬间之前

树林里充满夜风

在枝叶间发出的各种呼啸声

还有几只固执的鸟儿

在不同方向坚持不懈地鸣叫

我们坐在那里

说起了记忆深处一些微妙的片段

然后，所有的声音停息下来

树林里深水涌动

我们脚下的地面变成了湖床

我们自己，成为两条没有姓名的鱼

正在用奇妙的"气泡密码"相互交谈

甚至倾吐出人类词汇未曾表达过的神秘情感

我们脚下的地面变成了湖床

高高的水面透下不完整的月光

我们不约而同地举起双手，摆动一下身躯

如同真正的鱼类，轻盈地从水底升向水面

笔直的或盘曲的树干

指引了我们向上浮升的方向

我们很快到达树梢顶端，挺身跃出水面

我们看见一轮金色的大月亮

稳稳地悬挂在远处的天空

我们或许只能张一张沉默的嘴巴

交换一下我们的惊讶：

脱离了水面

我们就无法使用"气泡语言"

只有重新潜回水里

才能聊一聊跃出水面时的心情

以及什么样的记忆片段

还留在往年的明月之下

2019.4.19

王医生和王医生

王医生和王医生，互相不认识，
他们治疗着同一个病人——
一个用针灸和推拿，
一个用放血和汤剂。

他们都很厉害，有很多粉丝。
王医生说：我是这方面的顶尖高手啊！
另一个王医生也这么说。

嗯，我生一场病，却巧遇两个妙手回春的顶
尖高手，这有多么幸运。

然而，两个未曾谋面的人，也许因为他们各
自都是顶尖高手，对他人的治疗方式从不多问，
显出很有风度的样子。

他们就像在同一个病人身上写诗的天才。一
个人写上得意的一行，另一个看都不看，顺手就
划掉了。换成前者，情况也一样。

我期待着有一天，两位顶尖高手终于说对方
这一句写得好，或者这个词用得确切。然而，好
多日子过去了，阴雨的日子，晴朗的日子，这样
的情况，一次都没有发生。

王医生在我身上写下一句，另一位王医生又轻松地将它划去。我在两位顶尖高手之间要求自己尽量放松，平稳呼吸。

　　那个小小的奇迹，那首完美的小诗，哪一天才会在我身上完成呢？

　　在那一天到来之前，我只是一张准备用来写出完美之诗的卡片，一页纸，或者是充满希望的虚无之躯。

2019.4.25

装扮游戏

有人发来一张现拍的照片

一条金色的鳄鱼昂首挺胸

走在阳光灿烂的公园里

鳄鱼很假，我们一眼就看出

是亲爱的老毛装扮而成

与此同时，老毛的画架前

坐着一条伟大的鳄鱼装扮而成的老毛

很显然，鳄鱼拥有更出色的化装能力

他装扮的老毛就很逼真

甚至拿着画笔工作的神态也毫无破绽

鳄鱼在公园的阳光下散步

老毛在画室里完成他的杰作

如果不知就里没人会怀疑

这是世界上最平和温暖的时刻

可是那条鳄鱼无法总在公园里转圈

那个老毛也不能总在画架前面工作

二者当中谁会首先脱下面具

结束这次装扮游戏

或者就此合二为一

2019.4.29

在未来的某个住处

昨天发生的一切都不是真的

好像就是昨天的黄昏时分。几个老友，散开站在小院的不同位置，手里都端着酒杯。

在未来的某个住处。

屋后的斜坡连着一座野山，斜坡开始之前有一小块平地，那里就是屋后的小院子，暮色中看不见院墙的影子。有些高低不同的植物，也分不清荣枯。

人们之间，既不亲密，也不疏远。既不热烈，也不冷淡。他们的交谈只传来零碎的词汇，一些大致相同的语气词，或者是笑声。

人们似乎已默默道别，却迟迟没有离去。也没有重新聚到一起。

他们的面影和声音都已变得模糊，他们各自散落在越来越浓厚的暮色中。仿佛已经很遥远。只有相互碰杯的声音依然清脆。

我端着酒杯，循声而往，却忽然发现自己的脚步缓慢而又模糊，无法走近院子里正在谈笑的人们，只能自言自语说：老友，你忘了和我碰杯。

我的声音一开始很微弱。当回声从野山传来，自言自语几乎变成了呼啸。我听见在野山的林木中，有人对着我未来住处的方向喊叫。他说:"老友，你忘了和我碰杯!"

此刻，我站在未来住处的门前，看见旭日东升，周围的一草一木，格外明朗而清新。这令我觉得，昨天发生的一切都不是真的，都将化作一个不明所以的句子。

2019.5.8

我和柳树一起练习站桩

1

每天早晨在水池边站桩，调整姿态，放松全身，将重心稳稳地落在两只脚跟，还要力求每一次呼吸平静、自然。

水池对岸，有一棵大柳树，它柔软的枝条和窄细的叶片在初夏阳光下，平静自然地摆动。

2

一只黑白相间的水鸟，站在一根弧形的枯荷梗顶端，站在水边的一棵杂草上，站在岸边的一丛灌木里，站在那棵柳树的枝杈间。

我每一次看见它，它都在新的位置上归于静止。那灵巧的小鸟在它自己的静止里。

3

我的站桩时间是预设好的。30 分钟后我会转身离开。但是那棵柳树继续站立在水池边，它要站立那么久，所以它一定很放松，它的呼吸一定非常平静而自然。我想，它需要放弃所有动机。

包括一棵树无法回避的生长动机。

4

池水污浊，几天后，水池会散发臭气，滋生出很多蚊虫。此刻，黑色水面上，一朵睡莲的白色花瓣正在微微开启。

5

今天我说:"我和柳树一起练习站桩!"以后我会说:"我曾经和柳树一起练习站桩!"我们听不到柳树、小鸟、花朵怎样谈论这件事情。

在它们的水池边，一个人也许从未出现。

2019.5.10

在它们的水池边，一个人也许从未出现

你怎么知道一座山

一个人由无数微小的虫子组成

眼睛看不清楚这个微型世界

心也难以接受这个难懂的幻景

一座山由无数的动物和植物组成

石头和水是骨头和血

它不动，却生机勃勃

一个人和一座山都是纵横交错的生命集群

行走者转瞬消亡

静止者有时接纳他们

你也许指着无数虫子构成的一个形象说

瞧!这是我非常熟悉的一个人

可是你怎么知道一座山

在静夜中的奔腾

2019.5.21

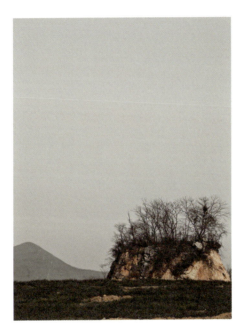

它不动，却生机勃勃

月光下

母亲走出来

大妹妹从远处走回来

都走到门前空地上

两个人的身影叠连着

月光太明媚了

母亲伸手接过大竹篮

把桑叶倒在空地边缘

桑叶松散开来

变成一大堆黑色的东西

月光下万籁俱寂，好像这一切

反复上演在一个真空透明的容器里

2019.5.22

老丁和庄子

朋友推荐《庄子》给老丁

说这个真的厉害。

一个星期后，老丁表示

这个也没有那么的厉害，

其中一些想法，我也曾经有过。

庄子的一些想法

如今在老丁的心中一闪而过，

或是慢慢生长。

老丁的心中长出庄子的思想

或是闪过庄子的语言。

庄子在老丁心里生长，

老丁在庄子的语言中闪过。

这件事不管怎么说

都是那么的厉害。

老丁和庄子，

一些思想和语言在二者间

建立的关联如此壮观，如同飞逝的闪电，

或者缓慢的树木与河流。

是的，老丁和庄子

不是谁更厉害的事，

而是这件事本身非常厉害。

我听说了这件事，想了想这件事，

但我打算对此视同寻常。

"也不是什么大问题！"

老丁说。

2019.5.24

经行

1

经行时，我听着自己两年前弹出的琴声。

十步之后，我已分不清

是我今日经行在往日琴声里，还是我往日经行到此刻的琴声里。

2

把走路忘掉，把起点和终点忘掉，爱上无始无终的每一步移动。

我们无从知晓，此刻他经行在生命的哪一边，最辉煌的几步，最悲伤的几步，无论怎样，这每一步的经行，都不可驻停。

甚至悲伤也不可驻停。

3

今天，他选择让自己呼吸平稳：

爱惜每一步。又遗忘每一步。一种经行。

4

　　他爱惜此刻摇摇晃晃的每一步。他今天所经
行的每一步，既不是身姿，也不是距离。每一步
经行都给予他：
　　一种空虚的欣喜，
　　或者一种欣喜的空虚。

5

　　今天，经行在阳光下，在树影里，晨风吹拂
肌肤的每一秒，我感到自己生机充溢，内外都想
对你无声地笑一笑。

2019.5.28

假设

——读《解深密经》

有人假设说

地球是几分钟前创造的

它过于漫长的变迁史

都因为上面有"能回忆起"

虚幻的过去的人类

（他们用几分钟时间回忆了

或者是用回忆的方式

堆积起大约 46 亿年的地球变迁史）

如果有人假设说

我们每个人都是几秒钟前创造出来的

我们是崭新的初生婴儿

却回忆起无以自解的历史

还有与之相关的滔滔情感

如果世界之事无法实证只能推演

我们似乎永远需要另一个

更伟大的假设者

他转过身来说：不要难过，孩子！

不要问昨天发生了什么

今天的关键是——

昨天是否在这个星球上出现过

2019.6.4

顽童船长的航海日志

据说，画室如巨轮

多少小时在静止中航行

一位顽童船长郑重地写下他的航海日志

字里行间收集着让人吃惊的细节

描绘了壮丽的远景

以及山顶和天空的气息

在棉花堤的江岸停泊多年的这一艘

仿佛只是个替身

而每至更深夜阑的时候

就会有一艘幻影般的巨轮

从这里启航

它也许由江入海

在广大的水面上完成它的航行

在另一些夜晚，它只是

在原地缓缓沉降

或是悄悄地上升

仿佛是在更加深远的静止中

完成一种神秘的关于航行的仪式

巨轮如幻影，顽童船长掌管着

整个巨轮的静谧：在一小簇灯火下

喝酒、喘气、画下他的沿途所见

还要在他的航海日志里摸索着

写下或是反复修改一些句子

像在使用着刚刚

创建出来的文字

2019.6.16

仿佛是在更加深远的静止中

欧米伽

躺在疾驰的救护车上。有人看见了那些椭圆的管状空间。

它们叠放在一起，横截面很像希腊字母 Ω 的形状。

乳白色的管壁透进微光。

脱离此世生活的人们，在微光中飘动，如同进入了没有阻力的外太空。

那些空间好像被什么力量微微压扁了。

微光中的人们舒展四肢飘动着，时而散开，时而被动地攒集在一处。

那些空间有时看上去挺广阔，几乎无边无垠；有时又显得拥挤不堪。

整个过程中，这个人既在外面，又在里面，但主要是在外面。

他感到生机充沛，甚至力大无穷，只要再给他一些时间，他认为自己一定可以从那些管状空间里拉出几个熟人。就像从游泳池内救出溺水者那样。

这是什么情况!他会大笑着说：这是什么地方!让他们回去!如果他们真的愿意!

那些被微微压扁的管状空间，整整齐齐叠放在一起，好像被整理过，以便存放，以便省出更多空间。

它们在什么样的空间里，它们挤在一起，省出来的空间有什么用途。

　　那些微光弥漫的管状空间，有人匆匆一瞥。他深感自己难以言传。只好暂名为欧米伽。

　　简单地，也许是草率地。

2019.8.17

斑鸠

一头大象有大象的秘密，一只小鸟有小鸟的秘密，对我们来说，一件事情也许包裹着另一件事情的秘密。

你从菜场带回一只受伤的斑鸠。它的一条腿被人用麻线系着，在不断挣扎的过程中，那条纤细的飞禽的腿显然受伤很重，只能拖在身侧，像一小截异物。它在菜场被人兜售，要价10元。

你买下了它。你想把它放归大自然。你想让它在夏日的小树林里，自由自在地再活上一些时间，究竟可以活多久，你没法知道。

你也没法了解小鸟的过去，它度过了怎样的生命时光，一只会飞的美丽小鸟，如何沦落为待售的肉食。卖主是一个又聋又哑面容模糊的老太婆，你曾经试图询问，她也试图回答，可是你们之间的对话只能演变成毫无头绪的"语音涂鸦"。（嗯，所谓"命运女神"都这样！）

次日，你从菜场救回来的那只斑鸠忽然就死了。

有人说，小鸟是被吓死了，之前一定受了什么致命的惊吓，腿上的外伤其实不那么重要。

之前的事情我们无法知晓了。之后它确实回

归到大自然之中，回归到大自然的深处了，回归到无边的时光中，在我们的视野和记忆里，亲爱的小鸟只是被动地稍作逗留。

它最后摆出急于躲避危险的姿态，受伤的翅膀微微张开着，像在完成最后几次扑扇时突然凝固了。两只纤细的爪子拖在身后，其中一只受过伤。本来看起来就要痊愈了。几次短暂的踱步之后，它在后阳台的一根弃用的水管上站了一整夜，接下来的白天，也似乎没有挪动位置。

可是它的眼睛，我们都记得，之前一直都是活泼的，流露着生机和希望。仿佛在秘密的轮转里，此处尚未结束，别处已经开始。

2019.8.19

画中少年

画中少年大睁一双眼睛
眼神中有一丝紧张和疑惑
一些颜料在画布上转化为灰色火焰
正在焚毁某种暧昧不清的边界

他可以认为自己是在一些特别的地方
譬如山崖绝顶，寂寞的林间空地
甚至是在天上或海底
他盯着眼前的景象

他看见的，可能是一只受伤的斑鸠
而我们看见的只是画中少年
和他身边的虚无
他眼前的景象
和我们眼前的有什么区别

或许都是无眠者描绘而成的画面
那就是全部景象
虽然堪称杰作

2019.8.22

或许都是无眠者描绘而成的画面

无花果树

中东的路边长了一棵无花果树

它没有结出美好的果实

受到严厉的责备

它因此而枯萎

它因枯萎而名垂千古

隔壁村子里，有一棵无花果树

它结出又软又甜的果实

却永远默默无闻

甚至无法接受我的谢意

谁知它在哪一个平庸的院落里

2019.8.24

水牛

乡下孩子在冬天的阳光下看见
水牛流下两行眼泪
在水牛脸上烫出浅浅的烙印
从那以后
他从未有过伸手去摸水牛的念头

他只是看着它，直到他离开乡村
直到他看到书里放牛的人
骑在牛背上读书甚至睡上一小会儿
他依然只是看着
似乎向来都是这样，他无法理解的
他就只是看着

2019.8.26

梦中阳光

梦境毕竟是幽暗之地

没人在梦里见过灿烂阳光，即使感觉到

阳光洋溢在空气里

也无法看见阳光的具体样子

广大的或窄细的，闪烁的或稳定的

如果梦见阳光，我们就一无所见

好像阳光把梦里事物瞬间熔化

为虚无，我们的梦境也就此破灭

不用追问其中的因果

这是我们无法理解的秘密

玄灯说他的师父很早以前

对他说过这样的话，而他至今

未知其真假。他有时疑虑师父的话

是否也会似是而非

2019.9.1

房间

把以前认为必要的物件扔出去
把以前认为好看的东西清理掉
空房间才是最通透的
玄灯法师又说，心里空着
才最舒服，只是清理起来
很困难
而且刚刚清空的那个瞬间
你无法辨认那种体验
是巨大痛苦还是彻底的欢悦

2019.9.10

形象是深奥的问题

形象

玄灯法师有时叹息说：

形象是深奥的问题

众生都不能了解自己的形象

在宇宙中，即使拥有更好的镜子

更神奇的画笔，复制无数的面孔

我们并非自己认为的这样

也并非别人认为的那样。但有可能是

一条蛇、一头水牛、一只受伤的斑鸠所见的

怪异形象

2019.9.10

最初的设想

我跟随师父，走出幽深岩洞，离开松树的黑色影子，我们要爬上山中最陡峭最光秃的崖顶，仰头看一眼备受赞扬的景象。

我们看见中秋夜的月亮，就像一种最初的设想。它与天地配合而成的景象，静默无声。

那个未经阐释的设想，宁静而悲伤，不期而至的无限岁月从今夜开始了，它要缔造一种远离悲伤的悲伤。

在这个设想里一切声音都被简化了，一切色彩也被简化了，其中没有多余的感情和妄想。

我们和我们的感情，不属于这个最初的设想。就像被预先遗弃在陡峭而光秃的崖顶上。

中秋夜的月亮在天地之间、群山之上，这是一个巨大灵魂所能作出的最初设想。这个设想，既是他想做的，又无疑是独特的。

哦，这个景象。这个最初的设想。我看见师父僧袍的袖子忽然向上飘扬起来。

2019.9.16

就好像我是一个神

上半夜你睡得很平静

那是一种我羡慕已久的很美的

睡眠

可是后半夜的某个时刻

你忽然在梦中哭泣起来

那时你一定已从我身边远离

在某个我难以猜测的地方

受苦受难

流下孤单无援的泪水，黑暗中，我伸手拍一拍你

颤动的肩膀

你平静下来，渐渐停止了哭泣

也许你暂时还滞留在那个我无法到达的陌生地方

但痛苦已消失

你的睡眠又变得安静美丽

亲爱的，这样真好，当你哭泣时

我只要轻轻拍你的肩膀

你的痛苦就消失了，你的哭泣就会停止

就好像我是一个神，随手就能做下

一件了不起的奇迹

2019.9.20

黑鼻子

竹丛旁边的墙头上
趴着一只黑鼻子的小猫
昨天我们从那儿经过时
都注意到小猫的黑鼻子
就像用毛笔在脸上从下往上
随意地刷了一笔
真有趣，我们说

今天我们又从那儿经过
那只小猫又趴在那里了
它的鼻子真有趣，就像是
用毛笔在它脸上从下往上
随意地刷了一笔，昨天的话
你又说了一遍

那只小猫的鼻子
会不会因此变得更黑

2019.10.1

短暂相逢

你在山下路口，遇见一人

带着满身恐惧，内心深感屈辱

与甜蜜

那里松树苍劲，荒无人烟

你在那里遇见自己

完成了一次短暂相逢

很不错啊，师父说，你们之间没有太多敌意

甚至相对合十

2019.9.9—10.3

幻觉

师父曾经说死亡就是脱离了全部幻觉

所有幻觉都在那个刹那停息下来

他老人家没说过，全部幻觉停息下来

会不会正是另一种幻觉更深长的展开

既然这个宇宙起于幻觉，随后便剩下幻觉的无穷绵延

那么对于停息幻觉这样的事情

我们是否

也不必再有什么渴望

渴望本身正是一种不安的幻觉

能对一切事物不渴望

也是精进，也是无畏

圆寂了的师父啊

你这样说过的

你说得对吗

2019.9—10

他举起金色手臂

那时有人亲眼看见他举起金色手臂
那时，有人当面听别人说
他举起金色手臂，还有人仅仅是梦见
他举起金色手臂

后来，有人写下了这个句子
有人读到这个句子
也有人反复抄写这个句子
他举起金色手臂

某一天有人念诵起这个句子
就哭了，另一人
另一时刻，当他念诵同一个句子
也哭了

在这深黑的宇宙中，世尊
举起金色手臂
殷勤地把我们托付出去
无数次

2019.10.8

还有人仅仅是梦见／他举起金色手臂

药性奇妙

一位名叫万顺的乡村老医生
他让我吃一种神奇的药丸，必须白酒送服

药丸中有蜈蚣，五步蛇，当然它们早已
历经各种处理，不复原貌
曾经隐居大地的生灵，它们的身体
如今解散到分子的层面
才能够深入我的身体，寻找我体内的病痛
要把那些病痛一举攻除

我并不知道，所谓药性
究竟来自那两种生物的哪一方面
来自它们生前令人畏惧的恶毒名声
还是来自它们已成齑粉的小小身体

关于这件事，万顺老医生也未必知其就里
他只是用村中的方言对我说，对，对
吃了，就全好了，和好人一样
对着咧，吃了，就全好了

他那么肯定，而又笼统，仿佛是在传达着整个大地的意思

2019.10.11

阳光地

我走进了一片阴影
很小的阴影，我觉得举步就可以迈出
这片阴影，走到阳光地里

当我迈出去，就进入了
一片更大的阴影
也许我一路小跑，就摆脱了

就这样我向前赶路，不能停留
却发现阴影越来越大
越来越宽，我担心它终有一日
会举目无边

哈哈哈，师父说，愚痴的孩子
你要赶到哪里去，都不管
阳光快要晒到你的后背

2019.10.14 晨起

阳光快要晒到你的后背

绘画二元论

细白线画出的圆圈，一个勾连一个
漫不经心，却又无休无止
黑和白的画面，慢慢积聚起来
形成一个荒谬的悬疑

白色的圆圈，黑与黑的空隙
它们相互勾连，几乎渗透出某种撕扯之力
剥去一小块黑，像几朵积雪在植物黑色枝干，
在黑色的地面，甚至黑色的天际

那个人，究竟是在黑的背景上画了白，还是
在白的圆圈里画了黑
只要脱离了粗浅的时间与记忆，所有的画面
似乎都要成为某种二元论之谜

我们假设，绘画的作者在完成画面的同时
放弃与之相关的所有记忆
模拟另一位，另一幅画，我们不知他究竟是
在无中画出了有，还是有中画出了无
也许为了不让我们知晓其中秘密，他抢先抹
去了自己的记忆

2019.11.12

点滴疏漏

一天早上，他发现自己脸上长出了
小小的红斑
小小的，不至于影响容颜
也算不上什么疾患

比起数十年来，他所经历的悲欢离合
小小的红斑虽然长在脸上
长在鼻子两侧，却不会影响到
人们对一个既成形象的观感

只有他自己，震惊于小小的红斑
对着镜子，他忽然觉得面孔在悄悄消失
而小小的红斑咄咄逼人
要成为他的脸

就像笔端蘸了过多颜料，其中一滴
滴落在始料不及之处
他脸上的红斑
只是疏漏，只是一丢丢轻巧的偶然

两天后，红斑就散去了

不知被谁吹了一口气

瞧，他又重新回到了

创造者严谨的构思里面

（他也许为之合十良久）

2019.12.11

速度

病后一年
我不仅重新开始走路
还第一次尝试出门坐高铁
来到另一个城市

出地铁站的扶梯又长又陡
顺着扶梯上升的角度
我忽然看见了半空里透云而出的
冬日阳光
我站在扶梯上，和你并肩升向地面
速度缓慢而稳定，仿佛我们来自
深邃的矿坑，甚至来自地心
这让我短暂地想象了
同样的扶梯，不一样的速度
假如它像高铁一样快
像飞机一样快，甚至快如火箭
我们会被瞬间弹射到半空
那一团温煦的阳光里
我还想着，即使快速升空
最好能够缓缓落下

2019.12.24

我聪慧的朋友，他弓腰站在天桥上

他站在天桥上

—— 给小海

冬天的傍晚，和朋友

约在苏州的一个步行街见面

阴雨天气，闹市区的光线也不够明亮

朋友的视力不好

我也忘了戴眼镜

两个人相距不过十步

却反复用微信语音通着话

想确认对方所处的位置

后来，他忽然取消通话

发来一条消息：

"我站在天桥上"

而那时，两个互相寻找的人，

他们之间的垂直距离只有几步之遥

相见时朋友笑着对我说：

"既然我的视力不能让我找到你

那就让你能看见我吧！"

确实，我看见了

我聪慧的朋友，他弓腰站在天桥上

2019平安夜

第二辑

雪夜放歌

老友为伴

沿着一条老城区的繁华马路
他脚步蹒跚，一直向前
他连续三次经过同一个门洞

连续三次，走过同一座桥，再往前走，他会又一次经过那
个门洞，重新走过刚刚走过的那座桥。一模一样的桥，只
有桥栏杆上"渡僧桥"三个字一次比一次鲜红

现在，他心里疑惑，脚步飘摇，像一个孤独的幽魂，今天
早上，在人间迷了路，有些恐慌，又感到空前放松，他往
后拉一拉松垮的毛线帽子，也许想着，看一眼桥下的河水，
会不会清醒过来，找到自己要去的地方

正在冬日阳光里轻快飞翔的这一个，忽然感到有点歉疚，
相伴这么多年，怎能让他如此流落。他无声无息地降落。
握住迷路人冰凉的左手：两个老友亲如一人，缓慢穿过危
险的车流和人群

2020.1.1

面带笑意

在快捷酒店里
连续几天看同一部电视剧
那是一部蔚为壮观的古装戏
我看得入了迷，有一天
戏里的北方蛮族
在战场上活捉了英俊的男主角
我坐在电视机前忧形于色
连呼"不好、不好"

你忽然说，有什么不好
他是演员，他们也是演员
我顿时感到了神秘的安慰
立即赞同说，说不定，我们都是

这个世界上，每一个人都是
演员，并且经过了令人厌烦的
精挑细选，这么说的时候
我认为自己脸上露出了
不知由来的笑意

2020.1.4

我认为自己脸上露出了 / 不知由来的笑意

我在一瞬间的世界上／被动地向外巡视

晨风穿过竹丛

百合花一朵一朵开放了

猫儿一大早就声嘶力竭

有人说失眠了一整夜

真是太奇怪了

在这个世界上

阳光已经涂满了树干

晨风穿过竹丛

吹遍无人的小区院子

我无法接收任何一条

宇宙的信息

我只是感到灵魂游荡在身体里

身体游荡在灵魂里

或者是，它们接踵而行于僻静之地

世界在银河里反映着微光

银河在虚无的宇宙里扭曲和伸展

无止境地漂移

接收不到信息

也没有一点根基

今天的阳光涂满了树干

又涂满了院子里

无人走动的地面

我在一瞬间的世界上

被动地向外巡视

2020.1.31

广大水面之诗

水面广大而幽暗

如绵延起伏的固体微露光泽

我没有舟筏也没有可抓的缆绳

突兀地漂浮在这样广大的水面

我无法逃脱，只能在水面上躺着

眺望和水面一样的天空

广大而幽暗，只有一丝诡异光辉

从不可测的纵深处，强行透露过来

就像我们未来遭遇的某种提示

广大水面，太广大，太静谧

我漂浮在水天之间

小心地维持着安静和沉默

我曾经尝试呼叫

每次张嘴都会狠狠地呛上一口水

只有一次，完全意外地

你轻轻应答了我

"亲爱的，我在这里，离你不远！"

然后我们之间就陷入了永恒的沉默

为了不让大水呛死，我们同时抑制了语言

用睡眠，向这广大水面做日复一日的

无语之献礼

2020.2.1

然后我们之间就陷入了永恒的沉默

雪夜放歌
——玄灯法师遇仙记

昨天，我遇到仙人了

在山坡上，他对我说，要下雪了

到山上去喝杯茶吧

他一说完，我就在山顶上了

一杯热茶也已经喝过了

他说，下雪了，我们唱歌吧

我和山上的人素昧平生

却在一起唱起了歌

那是一首我从未听过的歌

我听不懂歌词

也不知道怎么跟上旋律

但是歌声太热烈了

唱着唱着就像有一群人加入进来

他们都是我素昧平生的好友

听着他们的歌声，我就像进入

彻底解放的梦境，我快乐得就像发了疯

我敲击一大块木头，为他们打着节拍

直到那块木头被我敲得粉碎

师父啊，那块木头都粉碎了，我还在敲，还在敲

因为我沉浸到他们的歌声里了

沉浸到他们的快乐里了

2020.2.7

在异星球的土地上

在异星球的土地上

我尽力奔跑着，如同激动的少年

怀抱一束量子鲜花

追逐着自己的欲望和幻觉

异星球的土地

是由无数时间堆积而成

女孩们一转身就化作鼹鼠

随时钻入地面不见踪影

这时你必须尽力奔跑

向完全未知的方位追赶

她们也许会在意想不到的地方

破土而出，这些调皮的异星鼹鼠

她们在地下行进的速度

真是无与伦比

所以你要向着那个未知的方位

尽力狂奔，才有

与她们重逢的机会

2020.2.9

见面

朋友们来了，也许是约好的
一个接一个，坐进对面的椅子，又起身离去
每个人，包括你，和我只是相对而坐
沉默着，相互凝望片刻
这种奇特的相见
就算完成了

身后几乎看不见背景
也许是一堵虚无的白墙
脸上闪现着不完整的表情
洋溢着喜悦，又有些尴尬

所有人头戴黑色的毛线帽子
帽沿几乎是锋利的
它让朋友们的脸庞
比平时更加白净

我留意到他们的帽子，崭新无尘
有可能
一人一顶
也有可能
那是同一顶

2020.2.13

掉转方向

刚才，过去的一刹那

他感到深深的恐惧

对此刻，对现在

他想侧身避让，他想微笑着

对未来一刻的自己说

对不起，我走错了

然后掉转方向，离开这条

紧绷绷的时间轴线，为此

他愿意提前沦为一小片虚无的影子

藏身在更广大的虚无里

对未来一刻的那个世界，他想说

对不起

我不存在，我刚才已消失

说话间，他已经身陷此刻

苦苦挣扎的攀岩者

带着向上的决心，坠入谷底

2020.2.25

他愿意提前沦为一小片虚无的影子

披衣出门

在那儿，异星球的夜晚
我们披衣出门的时候，女人
忽然变化成一个沉默的少年
透出青涩的欲望气息
一切都无须解释
我们知道要一起去什么地方
满怀安详和默契

我们变更自己的性别，有时快速而随机
以此向伴侣表达洒脱的爱情
我们披衣出门，去自由的黑夜里
品尝遥远世界的甜蜜

2020.3.5

替一个朋友走2000步

那一年，一个诗人被无名的势力禁锢在狭小空间里。据说太狭小，只好成天躺在床上，把半边床都睡塌了。他在微信里叮嘱我们几个朋友，让每个人一天多走2000步，替他，为他，或者代表他在更大的空间里走走。

那一年，我的左腿受了伤。为了康复，我每天都要走几千步，但是一瘸一拐，走起来非常狼狈。所以，每当要迈出为他走的第一步，就挺纠结的。

我希望为他走的2000步会比我自己的步态更加体面，更加美好。但这实在是勉为其难。

后来我拖着自己伤残的左腿，来到离家更远的地方。那里可以远眺一片山坡，还有更广阔的天空。更重要的是，在那里走路，具有更大的难度。陡峭的铁制台阶，漫长的坡道。或许，我想用不一般的难度，遮掩自己狼狈的步态。

有时候，添加难度，会让平淡无奇的动作显示出真正的优美。如果我不得不替他（被禁锢的诗人）走2000步，从其中第一步开始，我就要走得比平时更好。

2020.3.31

我想用不一般的难度，遮掩自己狼狈的步态

什么关系

昨天晚饭后，圆形餐桌

收拾过了

桌面上显得冷清

只剩下一根香蕉，一把小刀

它们挨得很近，被紧密地

放在一起。安静而神秘

早上

我盯着它们看了一会儿

想用语言描述它们的关系

却和它们一起

陷入了沉寂

2020.3

找不到的东西

找不到的东西
是曾经属于我们的东西
就在我们眼前，甚至就握在我们手里

现在它们忽然变得不可见，不可触摸
它们以世间万物为掩体
对抗我们迷惘的记忆

我们搜寻着每一个角落
那些东西不见踪影
仿佛钻进了时间的缝隙

终有一天它们主动掀开所有的遮挡
我们却视而不见，而它们
终于沦为最深的秘密

2020.4

语言

不远处的树荫下，两只鸟儿在觅食

灰色和黑色的羽毛，眼睛周围有双重的椭圆白圈

小小的爪和喙是橙色的

它俩不停地在草丛里啄来啄去

偶尔停下来，互相叫两声

"啾啾、啾——"

有时它们的叫声也会

变得复杂一点，但又不会过分

像是遵守某个限度

2020.4

火光映照

——一部忘记片名的日本电影

富世茶屋的女老板退休了
客人们喜欢她，但偶尔会说她太老了

她三十一岁的时候，深深地爱上一个小她四岁的男子，却注定不能在一起，因为她生来就是茶屋的继承人，终身不可婚嫁。

为了和爱人在一起，她想一把火烧掉不得不继承的茶屋，但是那场大火至今没有发生，茶屋继续传承，已有两百年的历史，无人知晓，曾经有一场想象的大火，把它烧得精光。

茶屋丝毫无损，老妇人的眼睛里，时常有虚无的火光映照。那场幸福的火灾，在她心里燃烧了无数次。

2020.4

那场幸福的火灾，在她心里燃烧了无数次

从枝头到地面，他几乎飘摇一整个春天

身如落花

整个春天，他训练自己放松
这是一种特别困难的训练
训练的效果总是适得其反
他觉得自己越来越紧张，部分肢体
竟然开始了奇怪的痉挛

有一次他大白天就累得睡着了
梦见自己变成一小朵花，趴在树枝上
被雨水淋湿了，又被阳光晒干了
后来一阵风，他被吹落到地面
从枝头到地面，他几乎飘摇一整个春天

2020.4

暴雨天

这个早晨，水光明亮，花朵凋谢
隐隐传来雷声
有人突然回到幼小时的一天
想对谁说一句
" 我害怕"

这个早晨，有人醒了又睡去
醒来的片刻，躺在舒服的床上
有人乘坐的车辆正冷静地穿过江底隧道
自然的光线逼近，马上就会像暴雨一样倾泻而下

这个早晨，有人对着落下暴雨的天空
轻声呼唤
就好像混沌的云端站满他的亲人
他看见自己变得越来越幼小
嘴里只发出咿咿呀呀

2020.6.15

曾经有过的灯光

每个女人沐浴之后都有五分钟的美丽
好呀，好呀，她说，那我就每隔一会儿
洗一个澡，然后赶到你面前，让你看见

你记得，她的胸部足够柔软和宽广
她从背后拥抱过来的时候
几乎带来一整片丰饶的热带海洋

那个冬天寒冷而动荡
你们在街边、在别人的出租屋里相见
一起熬过无法安睡的夜晚

那里曾经有过的灯光，近乎黯淡
却不会在时间中熄灭
多年后，你看见那灯光像萤火一样飞舞而来
将浮生一隅悄悄照亮

2020.7

将浮生一隅悄悄照亮

那些不知是谁的什么人

那年夏天我们去鼓浪屿

刚上岛我就被几个男孩女孩

热情地拦下来

让我和他们一起合了影

我完全不认识那些孩子

我打赌他们也不认识我

一定是把我认作了另一个人

而且那个人我们一定也不认识

我们入住预订的旅店

第一个正面对视的人

他用绳索把自己挂在浴室的玻璃窗外

正在忙得起劲

（好像修理着什么）

你惊叫一声，穿回脱下一半的衣裙

我们暂时退出了房间

所以孩子们不知道我是什么人，我们也

无法知道窗外挂着什么人

现在，我有点想念那些不知是谁的

什么人，亲爱的

2020.7

不是剃度

在三十里堡的一家小宾馆里
你为我剃了个光头
不是剃度，只是剃个光头
一边剃，一边笑
我一直在提醒你，手别抖
手别抖
要冷静
就像真的在剃度

2020.7

小黑山

我来到小黑山下

我想拜一拜这座山

从这座山上采来的草药

说会治好我的病

让我恢复如初

人要有礼，我觉得

我要拜一拜

这座山

2020.7

梦人

真有这么个人
每天都做一个梦

他能把梦中的所有细节
都和最近的日常事实联系起来
甚至从中知道了吉凶
辨析了各种疑问

这就太神奇了
我觉得这个人是由梦境
堆砌而成

2020.7

三十里堡的佛

三十里堡的佛

他每天上山采药

下山泡制神奇药酒

他一边在我身体上涂药

一边不停地说，人要无我

人要无我

我一边渴望着身体尽快恢复

一边想着，要是我无我了

谁带着身体来

身体又带着谁在奔走

如果佛已无我

谁在辛苦涂药

为这昼浮夜沉的皮肉

2020.7

深深地回忆着渺茫的 / 蓝黑色的故乡

怀乡

他坐在旅店房间里

西边窗口照进阳光

也传来国道上车来车往的声浪

他懵懵懂懂，就像坐在

大海边

在地球的喧闹之中

披着阳光

变作一个金色的人

深深地回忆着渺茫的

蓝黑色的故乡

2020.7

行止

旅店里的黑色蚂蚁

沿着墙砖的缝隙急急爬行

在一个角落里忽然消失不见

它不像迷路了，因为一路上它从未犹疑

它果断，甚至在急切的爬行中

透露出一些从容和恬淡

所以我猜想它到了要去的地方

或者就是回了自己的家，在一次无意义的

游荡之后

2020.7

经验全然无用

有时候，经验全然无用

在这个走投无路的黄昏

世界开始拒绝我们的经验

那些灵丹妙药般的

经验都被瞬间废弃

是的，它要我们知道

所有经验都是对世界的腐蚀

都是奇怪的傲慢

它要我们，每一步

都是蹒跚学步

每一次看世界

都是最初的一眼

2020.7

诞生

一夜深睡，这个人

没有做梦也没有起夜

只是调节了睡眠的姿势

伸了伸有些酸痛的肢体

让自己感觉更舒适

他心里是空的，近乎甜蜜

东边窗户变得明亮时

似乎有谁悄悄耳语

提示着他是谁，叫什么名字

从什么地方来到此地

睡在旅店的床上，紧闭双眼

他想起自己的许多往事和今天

面临的难题

他想起逝去的亲人

和那些可怕的离别

他知道，一旦睁开眼睛

自己就会被迫来到痛苦人世

一切都变得无可挽回

就像再经历一次

迷惘的诞生

可是东窗的阳光越来越亮

翻身起床之前，他轻轻哼唱出一句

几乎忘记的旋律

2020.7

身体滑过气流

天亮之前，他看见自己跟随一群

沉默的候鸟

正在飞越黑色山顶的轮廓线

空中开始出现迷茫的光

翅膀显现出具体的羽毛

身体滑过气流，意识深处

升起了

前所未有的平静和自由

在候鸟的队伍中

他保持了一夜沉默

偶尔俯视下面，深邃的

灰色原野

2020.7

望着一家旅店的窗外

伫立在一家陌生旅店的房间里
望着明朗的窗外
盛夏阳光和树木的枝叶
微风吹拂时，我忽然悲从中来
为这一瞬间活跃的感知，为它的
闪耀与虚无
我深知窗内和窗外
都将无迹可寻

你也看着同一处窗外
却欢欢喜喜，让我快快观赏美景
我扭头看着你
如同看见真理的
另外一半

2020.8

我深知窗内和窗外 / 都将无迹可寻

此心无所向往，只感受着 / 微微的恐惧

跟随

一场大雨之后，我走在

湿漉漉的林荫道上

四周大树参天

有雷声传来

庙宇的屋顶

和路面齐平

路面上铺满绿色苔藓

看上去十分鲜艳

前方视野中

忽然出现了

一小群人

陌生的背影

他们不紧不慢

似乎要和跟随者

保持某种距离

天色黯淡，雷声远去

路上只有他们了

我有意无意地跟随着那些背影

像踏上了平行世界的旅程

此心无所向往，只感受着

微微的恐惧

最后，在一个倾斜的路口

听到缓慢钟声

我停下脚步

恍如梦醒，眺望前面那群人

他们既不更近

也没有更远

2020.8

疙瘩星团

三十里堡的佛

用自制的药酒

在不同的病人身上

努力涂抹和揉搓

病人身上或多或少

会出现一些红疙瘩

有的成群成片

有的只有零星几颗

佛把这些疙瘩拍摄下来

在不同病人之间

频繁转发

用以解释药酒的疗效

那些来自不同身体的红疙瘩

在病人和家属们的视野中不断地出现

渐渐地变成一片

疙瘩的星团

象征着各种疑难病例

及其治愈的可能和现实

再也分不清那些红疙瘩来自

什么人的身体，那人

具体得了什么病

反正起疙瘩是好事，好兆头

佛说是好事

等疙瘩消了，病就好了

所以，三十里堡的佛告诉我们

出现了，是好事

消失了，更是好事

2020.8

山上只有冬季

天凉了，我的朋友还在高海拔之地修行

每天行走在山腰和山谷

或者静坐在

仁慈的上师身边

很少爬到山顶

那儿的空气过于稀薄了

几年来，只是偶尔涉足

九月，我发信息说

天凉了

我没有说其他

没有多说一个字

没有说，天凉了

一个人也许怀念另一个人

温暖的肌肤

朋友回复了，她笑着说

山上只有冬季和大约在冬季

我也面露微笑却暗自羞愧

在遥远的山下，我只能想象

修行者在她无尽的冬天里

看着星光取暖

有时和山上的石头挤一挤

我还想象着

星光照耀下的岩石

与当年的肌肤

两者之间

是否并无区别

2020.9.25

说了不等于没说

在小区里的一个斜路口

遇见一男一女两个哑巴

男的本来牵着一条黑狗

但是他把手里一包黄色的东西

交由黑狗用嘴叼着

又把牵狗的绳子解开

狗就先跑开了

这样男的手里只剩下一截牵狗绳

所以当他发出奇怪的叫声时

甚至打起了手势

那个女的什么也没说

也没有打手势

只是跺了一下右脚

那男的就沉默了

他们在说什么

那些叫声和手势，包含着

谜一样的情感和生活

2020.9

反常

导演身边跟着一个很瘦的女孩

她是他的助手，不离左右

却始终一言不发

坐在旁边椅子上，吸一根香烟

她手指间的那根烟并不送向

唇边（像别的吸烟者那样）

她反常地将嘴唇努力送向高处

接近那根烟，以非常困难的姿势

吸上一口

她拿烟的手始终悬在空中，有时甚至高过头顶

每一次嘴唇向手靠近

都像是练习着某种舞姿

反常的舞姿

并且让它渗入了

一个陌生人的记忆

2020.9

管文龙扎针

管文龙是个民间医生

他没有师承，自学成才

十五岁那一年，开始在自己身上扎针

想治好小儿麻痹的后遗症

当他为我治疗

他扎的针酸、麻、胀、痛

他下针猛，而且深

让我仿佛看见

那个在自己身上试针的少年

带着隐隐的怒气

针尖所向，肉身已远

只有令人屈辱的疾病

悬浮于虚空

与针刺的疼痛相互纠缠着

像是要完成一个

费解的游戏

2020.9

老吴

住在水佐岗的时候

老吴过来看我，我把他带到

住宅楼的楼顶

好像是谈论了文学，以及别的什么

楼顶很荒凉

不远处有一座巨大的烟囱

不断地向空中冒着黑烟

多年以后，谈话的内容已经遗忘

那些滚滚而来的黑烟

却越来越清晰

好像它们才是时间的主角

在楼顶谈话的两个年轻诗人

不过是它的背景

2020.10.9

心里话

离世前的某一天
父亲把我母亲喊到床边
他喊着我母亲的名字，说
来，我和你说句心里话
等我母亲在床边坐下
父亲对她说，我要死了

父亲就说了这一句
没有别的，因为
这就是他的心里话

2020.10

父亲的住所

有生之年，父亲建造了

那么多住所，几乎成为一个传奇

他为之殚精竭虑

直至油尽灯枯

而他命定的住所

如今迁移到我的想象里

我希望，那里是一片凌空的坡地

视野开阔，可以望见四时风景

还有祖祖辈辈的亲人们

在附近安详地行走

我真的

希望他心里满意

2020.10

离世之前

我父亲离世之前

五叔问他，老大哥

你还需要什么吗

父亲摇摇头

他什么都不需要了

五叔又问他，老大哥啊

你还有什么话要说吗

父亲还是摇摇头

他已经没什么话要说了

自从卧病在床，父亲

几乎没有说过一句完整的话

他只是不时地喊着妈妈

不是喊我的妈妈，而是反复喊着他的

妈妈，也就是我的奶奶

奶奶已离世多年了，可是父亲有时

喊得那么大声而急切

就像他看见他的妈妈在暮色笼罩的

田野里

忙碌地劳动着

只要听见他的呼唤

就会慢慢走过来

带他回家

2020.10

母亲坐在门前

晚上

母亲说她坐在门前

月光亮堂堂的

她吃过晚饭了

是中午的剩饭

但她没说吃了什么菜

只说，你放心

月光下

母亲一个人坐在那儿

深秋了

母亲说地里的稻子都收上来了

晚上，她一个人坐在门前

周围很安静

2020.10

她一个人坐在门前 / 周围很安静

恋爱中的大神

村子里的年轻人

每一个都是大神，每一个

都是恋爱中的大神

他们的形象

有时变得复杂而深奥，如同

那些风中的植物

局促不安，又无法自拔

当他们归于平静

会细数交错的

根须

这些大神，恋爱中的大神

他们有神奇的手和神奇的脑

多么擅长于建造，能让一切近乎完美

经历了粉身碎骨

一夜间又能恢复如初，在阳光下

带着可爱的小狗散步

如此心醉神迷

2020.10

然后

鲁羊写了马余，让这个小说人物

在记忆和想象中穿行

迷惘地逗留

然后，有时发现自己的一部分

竟然是马余悄悄虚构

塞进了作者的人生

发现这件事的时候

鲁羊对自己说

难怪有点乱，但还算

公平

2020.10

下午的练习

这个下午，朋友在桌面上摆放了

一根蜡烛，一杯咖啡，一杯水

他点燃蜡烛，让我凝视那朵小小的火苗

这是一扇门，一个入口

推开这扇门一直往里走

不要理睬遇见的一切，他说，走向最深处

你会看见自己的意念中

有一杯咖啡，一杯水

你把手伸进咖啡杯，用力搅拌

然后用手掬着咖啡泼到水杯里去

咖啡的颗粒大如气球，一颗颗砸进了

水杯，水杯中白色的水珠溅起

每一颗都大如气球

咖啡色的气球混入白色的气球

打破白色的气球

然后你睁开眼睛，端起那杯白水

尝一尝，其中是否有了咖啡的味道

我尝了尝，那杯水里

真的没有一丝咖啡的味道

他让我照他说的，反复做三遍

然后我又端起了水杯

水杯里的水，尝起来

更像水了

整个下午在朋友的指导下

我反复做着这种归于失败的

练习，直到太阳西斜

我们起身离去

2020.11

用它们的虚无 / 在交谈

谈话

两张空椅子，摆放在夕阳下

一张是铁制的

一张是竹编的

铁椅子高一些

竹椅子矮一些

它们面对面

看上去，好像在热烈地交谈

用它们的虚无

在交谈

几乎交谈着所有的一切

而且不知疲倦

在酡红的光线里

两张空椅子

直到夜色渐渐降临

也不愿起身

不愿离开彼此

2020.11

他要给自己造一间茶室／在山坡上，或是在想象里

想象的茶室

今年入冬的时候

他要给自己造一间茶室

在山坡上，或是在想象里

茶室的窗外

要栽一株芭蕉

漂亮的芭蕉

要安排几个耀眼的

美人

他要在大雪纷飞时

坐在茶室里观赏

芭蕉枯萎的样子，观赏

美人在山坡下走过，每一步

都掀动彩色的裙摆

可是，师父啊，在那之前

那人把茶室的门窗都封死

只在高处留一个椭圆小孔

他每天坐对

那里透射进来的光线

抚摸被照亮的墙壁

直到美人消失

墙外的芭蕉和白雪

也缓缓地破灭

"唉，傻子，总是这么造作而又固执！"

圆寂的师父在山坡上骂人了

2020.12

纯净的玩笑

有时，一个人开了
很多人的玩笑
第二天有许多人
合起伙儿来
开了一个人的玩笑

玩笑就这样，被
开来开去

懂得玩笑的人
果断删除了所有
音乐和台词

要让玩笑保持
它的纯净
和神秘

2020.12

第三辑

悬而未决

寒噤

我的朋友去山上修行

无意间带走了我的一部分

我在山下的烦恼中流连

朝夕之间

似乎也感受到山上的寒冷，不时地

打着寒噤，却愿意抛弃

剩余的破衣烂衫

有一天终于

山上的食不果腹，山下的

也已经衣不蔽体

两个人要么终身不见，要么

相对无语

2020.10.7—2021.1.1

二百里外

二百里外，有人写出一首好诗
他用的字和词
微微闪烁，像星星
也像蕨类的叶子

接下来的几天
他坐在山坡上，喝一杯水
动作越来越缓慢，而身体，越来越黝黑
像一根冬眠的树枝

那个人，他写出了好诗
如我们所知的那样
他像一个奇迹，自生自灭
在二百里外
山坡上

2021.1.10

他像一个奇迹，自生自灭

亲爱的

亲爱的，亲爱的

我呼唤你

你也呼唤着我

一个冰冷的幻觉

是怎样变得香甜，温暖

阻碍我们的莫测之行

我们呼唤着，亲爱的

热泪滚滚而出

一条河流多么幽深

流过我们脚边

一切已成彼岸

是这种永世别离的记忆

让我们绝望地呼唤彼此

呼唤着一个冰冷的幻觉

就像要唤醒

一个埋藏很深的自己

2021.1.11

就像要唤醒／一个埋藏很深的自己

拥抱背影

那天夜里有一场瓢泼大雨

拂晓时分天气清凉

广阔的空间里我看到了你的背影

那个背影由无数层柔软织物叠在一起

裁剪而成

裁剪者显然漫不经心，所以你的背影看上去参差不齐

微微抖动

在异星球的土地上

两个人无论有多少情意

只能拥抱彼此一次

我记得

我拥抱了你的背影

2021.1

买了一块二手玻璃，小小的双层玻璃

这小小的双层玻璃

我们要将它安装在

粗糙的后墙

它的一侧将是山坡上的松树

另一侧是室内的人

一侧是无法预测的烦恼

而另一侧是古老的譬喻和榜样

透过玻璃，有人

看见松树苍劲的样子，仰起头

轻轻地嘘出一口气

2021.1.18

"就地过年"

病后两年的春节
我喝着苦药，仔细地
练习行走
希望春天来临时
能够挣脱可怕的缠缚

老家的餐桌边，母亲
手拿一只馒头
就着一碗热水吃了
她在度过自己
八十多岁的生日

离她不远处
父亲在麦地中央的土壤里
什么也不做了
也许他只是单纯地感知到
土地正在转暖

2021.2.13

也许他只是单纯地感知到 / 土地正在转暖

虚化

室内灯光亮起的时候

忽然看不清自己

反映在玻璃中的形象

细看时，我已经

虚化成一圈轮廓

周围放射着短短的光焰

我活动四肢，发现它们完好无损

酸痛依旧

玻璃中的形象正在独自虚化

也许明天不复可见

这种变迁曾经是我的梦想

如今面对，却深感惊讶

2021.2.19

坡下访友

风很大

我从山坡走下去

拜访一个朋友

隔着两扇玻璃门，有两条狗

叫土豆的在门内

叫球球的在门外

安安静静地看着我

（大风中的房子

不见朋友的身影）

门前的水塘里

一只黑色水鸡迎着波光在漂浮

刚刚走过的山坡上，桃树开了

两三个花朵

此刻已成记忆

而朋友

忽然从房子里出来

他站在我的身后

沉默而温柔

仿佛来自虚无

在午后的大风中

这两个人相对良久

才开始互相问候

那个下午，那个下午

我们像是行走并偶遇在一种茫然的梦境里

2021.2

我们像是行走并偶遇在一种茫然的梦境里

吊起

吊起一个东西

凭空吊起那么大一个东西

不可思议

那么大的东西

吊起来

不是为了吊起

也不是为了放下

所以

也许是吊起了

一种疑问

一块坚如钢铁的空虚

不可思议

吊起

凭空吊起了

不可思议的

大东西

它太大

大到如同儿戏

2021.3.3

一棵合欢树

比邻的玉兰树开花了

合欢树没有

玉兰开了紫色的花

合欢树没有

阳光照耀时，绽开的花朵

灿烂无比

合欢树没有

它几年前被锯断、撕裂

又复活了

再不像以前那样

一到时候就满树花影

它现在，是一棵沉默的树

开无形的花

像一个年长的诗人

或者修证已久的

菩萨

把阳光和花朵

也化作道场

和梦

2021.3.4

我们注定要在千锤百炼之后

我和诗人小海是同乡

我们的家乡是海安县

我们的出生地，相距只有十几里

我家靠着通扬河，他的家

靠近北凌河

两条河的河水是否曾在某处交汇

我不知道，也许他知道

也许哪天我该问问他

两个写诗的人，出生地

在广阔平原上

相距只有十几里

是否过于巧合

就像一颗小小的陨石

落在另一颗的近旁

但是我们坠落之时

没有巨响，没有一路燃烧的火苗

芦苇丛边缓缓驶过的大船

从未带来过

另一个诗人成长的消息

因为，我们注定要在千锤百炼之后

才学会

阅读彼此的诗句

2021.3.25

必要的盘桓

夜里

绕开一切梦境

我跟随自己的呼吸

到了一个从未想象过的地方

一个不存在的地方

也许叫作无何有之乡

在那里

或者仅仅预见了

这件事的可能性

沉重的身与心

就纷纷剥落

我回到

气流之上

开始极乐的漂泊

日出之前，第一声鸟鸣

如深远的呼唤

提醒我

放弃

对那里的迷恋

现在

跟随自己的呼吸

我绕开一切梦境

舍弃了极乐

回到危险之地

或者

这是一种必要的盘桓

2021. 3. 26

舍弃了极乐／回到危险之地

两棵树

一棵玉兰树，开了满树繁花

与它并肩而立的

合欢树

没有开花，甚至看不到一片叶子

它是沉默的树

但是玉兰树每天都用灿烂的花朵

向它致敬，或者仅仅

逗它开心

开花的时候

两棵树好像更加靠近

也许它们只是并肩而立

也许一棵想对另一棵说

这是大地的花朵

没有一朵例外

2021.3

这是大地的花朵 / 没有一朵例外

喝吧，父亲

去年秋天

走进没有父亲的村庄

举起酒杯，第一次

向父亲的肖像敬酒

喝吧，父亲！

我不再担心你挣扎的身体

现在，我可以只面对父亲的微笑

忽略那些显著的痛苦和艰辛

离开老家的时候，我感觉自己

可以带着父亲去任何地方

或者是，从此以后

无论去哪里

父亲都能紧紧跟随

喝吧，父亲！

接过这透明的酒杯

从此你就是我刺骨的空虚

2021.3

这个人和那些人

这个人

在门前空地上砌了一截矮墙

一截美丽的矮墙

只有膝盖那么高

但是那些人不允许

转眼把墙推倒

于是这个人就在想象中砌了更好的墙

那些人急奔而来

推倒了想象的墙

这个人砌一次

那些人就推倒一次

每一次都碎砖狼藉

他们乐此不疲

一直冲到这个人

复杂的想象里

每一次

这个人搬来一块想象的砖

那些人就盯上了

只要一块砖叠放到另一块的上面

他们就会果断地

推倒

不留余地

现在，天色坚硬

建造的和推倒的

伫立在晨风中，这个人

和那些人

就要携手到达绝望的狂喜

2021.3

于是这个人就在想象中砌了更好的墙

那件事如果和神通有关

法师谈起一次亲身经历

年轻时遇到一个修行的道人

道人拉着他的手

在山林里漫步

途中有一棵大树，挡在面前

那棵树三个人都抱不拢

道人就那样拉着他的手

径直走过去

他们的手臂穿过了大树

他物对我们不再有阻力

或者我们对他物不再有阻力

手臂穿过大树

或者大树穿过手臂

那件事如果和神通相关

究竟是谁的神通

我们可不可以认为那棵树

才是显示神通的一方

您和那个道人

只是偶然路过而已

2021.4

她在风中喊老张

在午后的人群里

她展开满脸笑容

呼唤着谁的名字

她的喊声在风中散开

听起来很模糊

她喊的好像是"老张"

她迈着碎步

朝一个方向走去

她走去的方向

没有老张

也没有一个

相应的笑脸

她呼喊着走向了虚空

路边的我

又不可能是那个老张

2021.5.3

看到野豌豆花之前

今天下午是阴雨天

在看见野豌豆花之前

我忽然明白

一件事

无论对谁都不必再道歉了

（够了，其数已满）

而所有的恩情

也不必说感谢

推开那个臃肿的自己

把他从面前推开

奋力推开

不计后果

那时我看见了楝树的花，看见

野豌豆的花

它们在灰色天空下

真漂亮啊

2021.5.12

手掌的余温

一首高亢而哀伤的歌
歌里说某个人用手掌
紧紧握过她的手
留下了余温
让她整个晚上都在哭泣

她在一座剧场里歌唱
剧场出现在一部电影里
剧场很快就消失了
费解的电影终归结束
虽然略显冗长

歌声飘散
那只手掌，却留下
短暂的余温
留在我身上，或是
我的幻觉里

2021.5.19

神秘感

老街坊，老邻居

牵着狗

拎着塑料袋

你说他们都是熟悉不过的人

一些平常的蠕动之影

可是如果他们打一开始

就不存在

你只是固执地说你认识他们每一个

而且更加固执地认为

他们都是你熟悉不过的形象

如同有人昨夜梦见亲切的母亲

依然住在马棚里

她手捧马粪

一切如此这般

历历在目

唉，万一这一切并不存在

万一你只是练习着

无凭的游戏，有什么

比这更神秘，更值得

去膜拜

2021.5.28

我在哪条路上

疲劳，孤寂

浑身是汗

面对虚无的黄昏

我不告诉你

我在哪条路上

鞋袜破烂，步履也蹒跚

我在行走

这条路上

始终没有遇见你

隔着山坡上草木的影子

你可能在远处

同一座山

另一条路

某个路口，短暂相逢

那样的欣喜是可能的

但不一定啊

亲爱的

朋友，我不告诉你

我在哪条路上

让相逢仅仅是偶遇

没有任何预期

也没有含义，此刻
我在沉默中行走
面临黄昏，还没有
进入自由

2021.5

这条路上 / 始终没有遇见你

去遥望无穷小的字体 / 去辨认 / 无内容的诗

让字再小一点

发表一首诗

用很小的字体

用比最小还小的字体

发表一首内容空洞的诗

内容空洞到没有内容

字体小到不能再小

让大家纷纷拿起了

近视眼镜，老花镜

甚至像观鸟爱好者

或观星的人

拿起了高倍的望远镜

去遥望无穷小的字体

去辨认

无内容的诗

放一首诗在文字里

放一些飞鸟

在山林中

放一群星星在夜空

愿它们更小

或更远

几乎看不见

2021端午

你厌弃了一些事物

你厌弃了一些事物

这让你足够简洁

更好地反射了落在头顶和后颈的光线

你低头打坐

成为顽固的塑像

被人影簇拥，散布着

箴言

你厌弃了一些事物

却无法厌弃另一些，因为它们

受到诡异的赞美

和尊敬

你因此

无法更加简洁

厌弃所有高估和低估

厌弃毁谤及赞誉

明天清晨，谁像沉默的巨兽

独自走向地平线

怀着虚无

和喜悦

2021.6

独自走向地平线 / 怀着虚无 / 和喜悦

他们几个

火箭发射了

推送着他们

升入太空

太空浩渺，他们几个

在狭窄的船舱里

安静地躺着

离开地球

他们的旅程

会变得越来越抽象

没有前后，没有

上和下

甚至远与近

也变得

难以描述

他们的旅程

穿越有

和无

而旗帜

依旧静立

在人们视线的尽头

有人想，他们根本没去那里

甚至从未离开

虽然打开舱门时

他们几个

似乎

有一丝疲惫

2021.6

那个奔跑的人

梦中见到一个奔跑的人

他奔跑

但并非高速向前

他悬浮在原地

充分摆动着小腿

和脚踝

没有奔向任何目标

天空灰暗

他在我的梦境中，向我

演示完美的奔跑

第二天醒来

回想起那个奔跑的人

其实就是我自己

但是他已跑远

作为我

他离开了我

我不得不认为

那个奔跑的人

离开我，一定是为了

在世界上

更自由地奔跑

2021.6

让诗人作为陌生人

要追究诗里提到的
一所学校
那所往日的学校
早已搬迁
意外避开了盯梢者
固执的视线

离开你的诗人吧
让诗人作为陌生人
在所谓现实中
相见而不相识
闭上你盯梢的眼睛
打开耳朵
给那些深邃的诗句
留下复活的机会
也让自己侥幸
听见

2021.6

没来由的笛声

它不是必需的也不是抒情的
我认为它可以是
多余的，聒噪的，突兀而起
持续不断
是的，它一定要令人厌烦
又难以忘怀
它是一种没来由的笛声
在那样的笛声中
许多事物
在溶解

要是我，拍一部电影
会在众多的场景中
放入那种笛声
不怎么悠扬
它是突然的，短促的
在那些场景中
出现，让人悲伤
或仅仅
让听见它的人
感到惊骇

2021.7.14

有时，只是梦见了一个词

暴雨之夜，我梦到自己

走在一条雾气浓重的路上

从城区走向乡野

路上看到很多景色

深深浅浅

真是各种各样

还看到人们来来往往

有的向我打招呼，有的则不

有的对我挥舞拳头，吐唾沫

还有一些脱下帽子

举起来，向我示意

让我觉得自己

可能是一个伟人

走在命定的长路上

可是，我渐渐意识到

没有什么是真的

每看一眼

被看到的事物

就魂飞魄散

而我只是梦见了

一个叫作"魂飞魄散"的词

却用了整个夜晚

2021.7

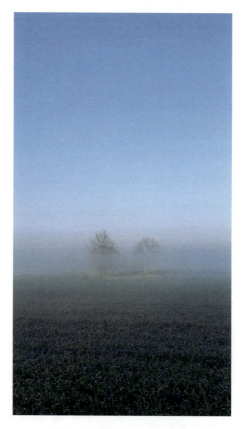

就好像 / 刚下过 / 一场不存在的大雨

清洁眼镜的最佳方式

听说

清洁眼镜的最佳方式

是用水冲洗

不是用镜布擦

不是用衣摆擦

更别说

用有点脏的手指

捏着镜片滑动

那会让视线

更加模糊

用清水冲洗眼镜

重新戴上

镜片上有发亮的水痕

抬头看看远方

云彩，树木或者山

所有的景象

都挂着些水珠

就好像

刚下过

一场不存在的大雨

2021.8.3

早晚凉

许多人觉得今年的夏天才开始
却发现已经立秋了
一小排大雁从我们头顶飞过
大雁默不作声，黄昏的天空
显出艳丽的色彩
然后渐趋灰暗，天气
开始了
又一次的
早晚凉

2021.8.7

飞出去的人如何降落

有一天我飞了出去
一直飞到白云里
如果在上面太久了
会不会想起如何降落的事

据说，只要产生了这个念头
就会发现自己开始下坠
因为任何一个念头
都会比空气更重

所以，一个飞出去的人
就像一个苦行者
他的心
若有一念生成
就会在轻与重之间
命悬一线

2021.8.9

因为任何一个念头／都会比空气更重

尴尬

他们越走越远
最后腾空而起
你眼看他们
幽灵一样
消失在
渺茫的云天里

他们越来越近
最后在你家客厅里
抖落鞋里的沙子
手里的武器显得那么长
转身的时候
有点尴尬

2021.8.16

担心

胖小白走丢了
音信全无
十几天后，忽然出现在离家很远的山坡上
被温柔地带回家
她依然很胖，叫声
也和以前没有两样
那个小胖子，眼睛很大
嗓门也大
失而复得的胖小白
似乎很快恢复了原样

可是，在某个有月亮的夜晚
我们会不会看见另一个胖小白
更加庞大的胖小白
如一团白云
趴在对面的山顶上
哀怨地朝我们凝望
仿佛
它才是真正走丢的那一个
还在等我们
认出它，带它回家

2021.8.17

我和这世界的联系

现在，我们必须知道
并非所有丢失的
都能失而复得

我和这世界的联系
或者说，关于这世界的
部分幻觉
正在每天割断一点
不知从何时开始
每天割断一根
或者一小块
我不知道哪一块是最后一块
哪一根
注定是最后一根

所谓的最后一根，如果可以
预先辨认出来
（可以将它暗中割断
或者解开）
我和世界的联系会怎样
我这个迷路的人

会不会

一开始就已经

音讯全无

2021.8

一开始就已经 / 音讯全无

要面对无所适从的虚空 / 面对我们唯一的诗

现在，每个虫子都有落脚的地方

每个住处都有虫子

这是人们必须面对的事实

山坡上，一间临时的棚屋

白天很平静

一到夜晚，就喧闹起来

虫子们爬的爬，飞的飞

有的爬得比飞还快

有的飞得比爬还慢

在墙缝里钻进钻出

在每一块平面上

贴着或挂着

度过整个夏天的夜晚

它们要么静止不动，要么

动个不停

现在，每个虫子都有落脚的地方

我们却一直不知道明天的住处

在哪里

作为漂泊者，要面对无所适从的虚空

面对我们唯一的诗

2021.8

他们搬家的队伍多么迷惘

紫色的塑料布

丢在石板路上

两天之后

下面聚集了许多虫子

三天后，有一条小蛇

也在下面停留

后来，可能是第五天

塑料布被人随手掀开

那下面

蛇和虫子们

失去了一个偶然的

覆盖

不得不匆忙搬家

寻找新的停留之处

他们搬家的队伍

虽然有条不紊，可是仔细看

他们搬家的队伍

多么迷惘

我们头顶的覆盖物

它蓝色或灰暗

有时半透明

有时像铅一样沉重

它覆盖我们

有多久

2021.8.19—9.1

所有的悲伤都难免滑稽

年轻的朋友，很悲伤

成天耷拉着脑袋

因为他不幸失去了

他的爱情

今年，他已注定

做村里最悲伤的人

像个断线的木偶

从人们面前走过

全然不顾今年的中秋已经临近

月亮已变圆

在一年又一年的

月光下，所有的悲伤都难免滑稽

像一则平庸的冷笑话

终于时过境迁

不值一提

2021.9.20—22

如果我从更多地方离开

在离开之前

我曾经反复抱怨

"这里真是糟透了!"

又脏又乱

角落里的蟑螂屎

散发着

难闻的气味

"简直无法居住!"

而现在,那里已成乐园

我离开那里

蟑螂们继续居住

尽管无人打扰

它们依然昼伏夜出

遵守起码的原则

它们的族群

越来越庞大

而且生机蓬勃

势不可遏

我只是离开一处小小的居所

那里就成了乐园

师父啊

如果我从更多地方离开

会不会是一种慈悲

或者一种奇怪的功德

2021.9.25

贫寒

他出身乡镇，囿于贫寒

十六岁之前没有坐过汽车

也没有坐过轮船，那些神秘之舟

总在夜半鸣笛

驶离码头

每个月，镇上的新华书店

开放一次

他在街边坐等那几扇窄长的木门打开

就像站在通往船舱的

跳板上

暗自颤抖

有时，我悄悄目送那个少年

他要去

了解远方的疾苦和感情

让陌生的光

照见自己的真面目

每个月有半天

他脱离贫寒的小镇

秘密出游

对陌生的世界

充满哀怜

2021.9.29—30

我路过它们没有停留

有的快死了

有的过来包围了它

准备吞噬一个新鲜的尸体

在灼热的阳光下

我路过它身边

没有出手相助

我路过它们

垂死的和饥饿的

我路过它们

没有停留

那天上午，一个人刚刚跨过了他自己

倒映在尘土里的影子

哭着往前走

2021. 9

一个人刚刚跨过了他自己 / 倒映在尘土里的影子

放屁

走在山路上
两边风景如画
忽然腹中咕噜作响
放了一个屁
我心想，从此可能会被人喊作屁虫了

边走路边放屁
童年时认为
这样的事
只有人老了才会有
现在，我想说
孩子也有这样的事吧
没准儿
射鸟山的野猪和野鸡
更加了解这件事

2021.9

中秋节的诗

你刚才说了一句什么

没有啊，我没有说什么

你好像说了一句什么

就在闹钟响起之前

声音那样清晰，却仿佛没有内容

我没说什么，除非是梦话

我到你梦里去说了一句什么

又回到自己的梦中

然后听到了闹钟的铃声，那句话

也许遗落在两个梦之间

别担心

今天是中秋节

月亮升起的时候

我们抬头看一看

也许那句话

暂时栖息在月亮的暗影里

等到夜深人静

它会飘落到一处水面上

映入我们的瞳孔

2020.10.1

那句话 / 也许遗落在两个梦之间

公鸡叫了

山坡上，公鸡叫了
它的每一声啼叫
都用尽力气
听啊，它那样固执
而又骄傲
反复预告着自己的命运
此刻之后，未知存亡

有人听见公鸡的啼叫
天空已显露苍白微光
他就要开始
度过新的一天
追求幸福，或是
充满妄想
他将度过
有些酸痛的
时光

山坡上
彼此的日子无限短暂
或是无限漫长

只有这一刻的觉知

清新，尖锐

如此不容置疑

2021.11.10

柴烧炉

一座小小的柴烧炉
在早晨的阳光下
安静，低矮
只有竖直的烟囱
比我高出半头

我伸手摸一摸炉体
微烫，或者仅仅温热
昨天晚上
它的炉膛内缓缓升温
到深夜
它终于烧出众所期待的
一千二百六十度
炉体中一些物质变化了
一些升起，一些沉降
幻化出意外的模样

小张说
小小的炉体内
几乎上演过一整部戏剧
而现在
它已脱离
那些曾经炽热的剧情

晨风吹来

它格外低矮和安静

看上去那样萧条

却暗自容纳着一些

不曾有过的

好器皿

2021.11.14

灵魂的描述

也许她只是说了一个想象

用她一贯喜欢的语气

在众人之中，她看见了我

她说我显得格外苍老

她还看见了

我的灵魂

她说我的灵魂的花瓣正在片片飘落

看出我的苍老甚至苍凉

不算什么难事

但是，看见了灵魂

还能够把它的状态描述出来

这多少有些稀奇

如果有人真的能够看到我的灵魂

我希望她看到

一角星空，阴霾散尽

微弱的光芒

沉沦于无边的黑暗中

2021.11.18

她说我显得格外苍老 / 她还看见了 / 我的灵魂

悬而未决

手中的橙子快要放下了

灯光下，用伤残的左手抓住一只橙子

将它由一处

小心翼翼地运送到另一处

两处之间的距离只有几步远

却好像跨越了一座山

和一条河流

要把手里的橙子

轻轻放到桌面上

在那一瞬间

灯光忽然格外明亮

仿佛是谁

要把万物送到我的眼前

天很快黑下来

一切都还悬而未决

手中的橙子快要放下了

生死的真理尚未透彻

如果此生注定停留在这一刻

每一种悬而未决

都是关键

2021.11—12

八条鱼

八条鱼，最大的才二两多

它们被人从一处小小的野塘里钓出来

又尽数放了回去

八条鱼被钓出来之前

在山间的野塘里游动

放回去之前

栖身于一只塑料小桶

空间窄迫

它们依然试图游动

塘边有一片芦苇

几棵泛红的杉树

野塘的水面上波光粼粼

八条鱼

在它们的轮回之路上

经历了一次

可怕的顿挫

却对此一无所知

它们又在野塘里

呷巴着无声之唇

开始游动了

2021.12.6

转身

他与人告别，转身

花了好多年

离去只是一瞬间

他听见人喊他

转身应答

花了好多年

应答就一声

他的父亲埋在村边麦田里

小小的土堆

霜雪覆盖，十一月

十五之夜

他站在那里

月出时

冷风吹过

他一动不动

似乎感受到神奇的暖意

2021.12.19

儿子

小镇医院的病房里

有三个妈妈，年纪都很大

一个妈妈躺在病床上艰难喘息

儿子躬身站在床前

她却无法和儿子愉快地聊一聊

另一个妈妈身体灵活，性情活泼

她唯一的儿子

三十年前就死了，如果不死

这个妈妈对人哭诉着

儿子如果不死，今年整整六十岁了

也许头发已经花白

还有一个妈妈虽然行动不方便

但她明天就可以出院

儿子会来接她回家

我是今天站在妈妈病床前的儿子

看着她的病容

心里难过

我是明天来接妈妈回家的儿子

带着她喜爱的孙儿

开着车，顺利通过

附近的路口

我是三十年前被人谋害死去的儿子

梦见妈妈一面哭

一面抚摸我破碎的额头

2021.12.25

梦见妈妈一面哭／一面抚摸我破碎的额头

问候

暮色浓重

路上遇见的人

相互已经看不见对方的脸

一位老者，由南向北

迎面而来

他对我说，你到北边去的啊

我露出的笑意

他一定没有看见

他给我的问候

我已经深深地领受了

心里说，陌生的老人家

你到南边去的啊

我们现在，一个由南向北

一个由北向南

都走在回归的路上

西边微弱的光芒

刚刚隐去

夕阳在那里

又一次

缓慢地落到麦田的尽头

2021.12.28

第四辑

在西宁

谁能像一只愿飞的鸟儿

愿飞的鸟儿

如果身上的衣服别人想要

脱下来给他

如果你破碎的生命是别人给的

捧起来，给他

如果天上的月亮和星星是别人暂时遗落

不要迷恋，只需赞美

而且不可连续赞美两次以上

怕他一时兴起，以此相赠

凡你有的

在清晨醒来后第一个时辰

对自己说，给他

谁能像一只愿飞的鸟儿

拼命挣脱

纠缠羽翅的，那些荆棘

那些花朵

2022.1.10

一无所获，却无休无止

寒夜寻车记

寒冷的深夜里

我四处寻找两部汽车

它们一大一小

一高一矮，大车深灰色

小的色如玫瑰

我对它们非常熟悉，空间和气味

每一个操作按钮，油门踏板的细微触觉

甚至后视镜里曾经流动的景物

我都了如指掌

但是它们被停放到视野和记忆之外

失去了一切线索

我在深夜里四处寻找着

一无所获，却无休无止

这件事破绽百出

但我寻车心切，忽略了其中显而易见的虚无

我通宵达旦追寻着不存在的东西

醒来之后才知道

那两部车，我从未见过

也从未拥有

手里没有它们的钥匙

在我寒冷的梦境中

它们究竟是怎样出现

又怎样消失

我苦苦寻找的时候

为什么没有一丝怀疑

2022.1.14

20022年

今年不是 20022 年

今年是公元 2022 年

一月，这一年的开始

有人为 20022 年

写了一首诗

日期距今一万八千年

这心里的婴儿

爬出岩层与迷雾

她会听见什么

又会看见谁

一万八千年后

她有怎样的快乐和忧愁

2022.1.21

在和不在

如果他不在
我们该怎么办呢
他会在的
在哪里
在那里
在那里吗
对，在那里
你望向那里的眼睛亮了
亮闪闪的

我怕他已经不在
也怕他还在
我的眼睛里
只有巨大的不安
在发亮

2022.2.18

妈妈卖掉一只羊

妈妈牵着一只羊走在土路上
她们走向小镇的街市
妈妈卖掉那只羊，卖来的钱
她要为我缴纳中学的最后一次学费

那天中午，妈妈牵着一只羊
慢慢走在乡间土路上。那是一只母羊
它生过一窝小羊
所以它也是一个妈妈

余下的钱不多了
妈妈还是答应了我的请求
为我订阅两份杂志
一份是关于中国的语言文字
一份是关于全世界的文学

那只羊被卖掉很久之后
崭新的杂志还会寄到我的手上
让我想起在乡间土路上，一个妈妈
牵着另一个妈妈
走在微微变暖的阳光里

2022.3.26

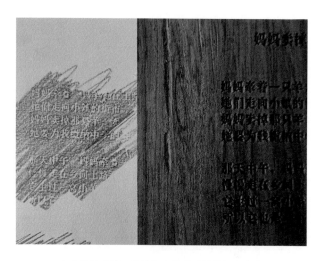

*《妈妈卖掉一只羊》木质书及铅笔拓印字迹

走在狭窄的乡道上

走在狭窄的乡道上

和一辆农用车迎面相逢

人和车都停了下来

安静地等着对方先过

走路的侧身而行，一瘸一拐

像个诗人那样发出感叹

"事到如今"

他想说，事到如今在狭窄乡道上还能遇见君子

这样的事

今天上午让他步态昂扬

2022.3.30

突如其来

突如其来的平静，突如其来的

满足感

放下轻如鸿毛的笔

看着竹浆薄纸上

刚刚写下的字迹

心里升起对一个字的感激

它和其他字靠在一起

这个字太淡了，淡到几乎没有

却让周围所有的字变得美好

放下笔的时候

我开始喜欢自己的

每一次呼吸

2022.4.15

她不说话，她无声地看着说话的人

她不说话

手里拿着一棵蔬菜

样子很熟悉

名字却很陌生

她坐在夜色里

不说一句话

她看着说话的人

像个沉默的

老师

看着教室里胡闹的学生

半夜三更的时候

警察把她送回远处的家

这么远的路

没人知道她是怎么走过来的

只有脑子不好的人

才能这么走

在夜里不知疲倦

在路灯下

像一团晃动的树影

2022.6.16

"村里都是穷鬼"

他逢人就说，你这个穷鬼

又接着补充，村里都是穷鬼

他大声嚷嚷，毫无忌惮

他咒骂所有人

咒骂他们无可掩藏的贫穷

与晦气

这个咒骂者

也是一个穷鬼

不仅贫穷，还遭遇了别的事

2022.6.19

如何中止局部战事

如何中止一场局部战事

这是我给你们的提议

遇到事情，我有时会想起

像诗人老韩那样的人，想象他

怎样面对窘迫，怎样恢复平静

仅仅这样想象

就能获得智慧的成果，所以

你们可以和他

在长江北岸的路边坐一坐

据我所知，那里虽然高楼林立

却也不怕找不到

两棵松树和一块大石头

你们跟他去那儿

坐下来

什么也别说，直到彼此

像健忘的老者那样

面对草木就像面对白嫩的天使

观察一些人，观察一些野兽

从眼前路过

抚摸众生攒动的脑袋

却想不起他们的名

直到国土和石油都成为幻觉

直到，事物向着虚无之处

滚滚倒流

2022.6.30

凉风

那些炎热的夏天

总是万里无云，树梢头一动不动

老外祖母会突然对我说

这儿有阵凉风

快来，这儿有阵凉风

她说完这句话之后

有时真的会有凉风吹过

有时，并没有凉风吹来

她的咒语时而无效

时而灵验

也曾传给她的孙女

老外祖母早就走了

她的孙女，也就是我的母亲

享年八十三

今年春天也走了

今年夏天最炎热的时候

我对着一棵芭蕉

小声地说

这儿有阵凉风，快来，这儿有阵凉风

随之就感到凉风习习

瞧！那阵凉风从虚实之间

正缓缓吹来

古朴的咒语再次灵验

蕉叶摇动，就像她们今天路经此地

2022.7.8

白翅膀的鸟

在山林的边缘线上

水鸟展翅来往

它们的翅膀洁白无瑕

所以飞行的时候

显得格外舒展也格外漂亮

我的视线跟随它们

心也跟随着，甚至

渐渐展开了白色的翅膀

从未想象过

自己的翅膀也那么洁白，那么长

多年来它们收拢着

一无所求，下雨下雪的时候

也不曾用它们遮挡什么

今天，有人要扇动它们

越过山林和水面

如痴如狂

2022.7.15

繁杂的印象 / 渐渐归于空无

喜上心头

她拎来一桶

山泉水

送给我

桶里特意放入

几块麦饭石

她说近来雨水多

烹煮山泉水

也许会有白色的浮沫

定山寺的午后

山雨滂沱，又转眼停歇

繁杂的印象

渐渐归于空无

回家烹煮山泉水，未见浮沫

似乎有什么

不知道是什么

让我喜上心头

2022.7.20

火车上的鱼

在开往西宁的火车上

我问餐车服务员：这鱼新鲜吗？

淳朴的服务员左右为难

不知该怎么回答

我的问题显然愚不可及

但盘子里的鱼说：

放心吧，我几乎是直接游过来的

尝了几口

味道还不错

但我觉得这条鱼太瘦了

鱼肚子上一点脂肪都吃不到

我低声和同伴说了这件事

怕伤到鱼的自尊

我没有大声嚷嚷

盘子里传来鱼的抱怨

它说从遥远的河川游到火车上

可不是什么容易的事情

鱼对我说话时声音很小

我之外，没人能听见

2022.8.10

它说从遥远的河川游到火车上 / 可不是什么容易的事情

北山烟雨

在北山寺遇上一场大雨
我们走到神殿门前
等待不可能出现的出租车
一条小狗和我们并排坐在那儿
也等着什么，但不着急
这么漂亮的道观，这么神奇的建筑
我们没有为它搬过一块砖
却千里而来
在它的神殿前
和小狗一起避雨
看一个工人修缮门廊的局部

雨太大，工人停下手里的活儿
在梯架上
沉默地朝远处张望

2022.8.12

在它的神殿前 / 和小狗一起避雨

在西宁

在西宁，我看见母亲的形象

出现在意想不到的地方

出现在陌生的人群里

身体比生前更瘦，更矮小

却显得健康而灵活

面容不再憔悴

甚至变得有些 白净

我看见她独自坐在行人纷乱的角落

她的形象

比眼前的一切事物更加明了

更加清晰

我看见

母亲低头整理行李

一只很朴素的背包

放在两腿之间

她途经这从未来过的城市

一言不发

漠视眼前所有的事物

而她离去的样子，安静而坚决

全部旅程都已经在她心里

如同朝圣之人

随身携带的行李

有时重有时轻

但不重要

她稍作停留

就斜斜地穿过

这里的大楼、街市和云彩

我闭上眼睛，对她说：

妈妈，愿你从此六亲不认

心里没有牵挂

2022.8.12

悲哀的电喇叭

躺在旅馆的床上

院子里传来

电喇叭的声音

某个素不相识的人

把一个简单的句子

重复千百遍

渐渐地

最后几个字似乎在下垂

句子里深藏的悲哀

浸透了电喇叭

悲哀的电喇叭

在五湖四海

它说了一遍又一遍

今天，它说的是"大家都扫健康码"

像某种声势浩大的催眠

让我们恍惚而忧伤

2022.8.13

到过塔尔寺

在藏家客栈的楼顶平台上眺望片刻
你看见了闪耀的金瓦顶
算不算到过塔尔寺

你千里迢迢来莲花山下
走过鲁沙尔镇的坡道
算不算到过塔尔寺

你未能进入寺庙的任何一扇门
也没有见到绛色僧服的出家人
算不算到过塔尔寺

或者寺庙的每一扇门都为你打开
成群的僧人围绕着你
这样算不算

到过塔尔寺，又扬长而去
你很久没有提起
自己曾经到过这里

2022.8.14

绝壁

爬上绝壁的人啊
你在哪里
钻进洞窟的人啊
你在哪里

洞窟
就要崩塌了
绝壁依然耸立
几百年前爬上绝壁的人
你在哪里，伟大的老师
在哪里

今天中午我仰望绝壁
不见你的身影
也写不好给你的赞美
我始终心怀恐惧
不能攀登你留下的
这绝壁

你的绝壁依旧是绝壁

你在洞窟里留下

明亮的秘密

高原上黑夜沉沉

2022.8.18 鲁沙尔镇

以后再说

——致犀牛

我的朋友，你名叫犀牛

我不懂藏文

你的汉语也不怎么样

所以当我问你

苦学佛法十几年

为何没有选择出家修行的道路

你笑着拍一拍我的膝盖

"以后再说！"

我看着你高深莫测的笑容

拿不准你的言下之意

等以后你的汉语更流畅时再说

还是等我的耳朵更灵敏

能听懂更多故事

十九岁那年冒险翻越喜马拉雅

如今你经营着一家客栈

我在此短暂停留

以后再说，那就以后再说吧

娶妻生子的犀牛

你会拍着谁的膝盖

讲述那些奇幻的漂流

2022.8.18—19

原路返回

每一次梦醒时分

我们固执地想象自己只是遵循

看不见的路标，回到

原先那个身体

（它为何总是无条件地

接纳我们的灵魂）

我们从未想象，有朝一日

身体在远处游荡

而灵魂

仓皇无依

也许，我们已经来到宇宙边缘

原路返回或无家可归

只有这些无名的幻觉

一再安慰着

悲惨的离乱之人

2022.8.19

也许，我们已经来到宇宙边缘

旦增的修辞

从前有个佛

他的胆子特大

他在山坡上的墓地里

头靠着墓碑睡觉

连着两天都那样睡觉

然后就消失不见了

他没有再回来

另一个佛把这事

告诉了我

我有点害怕

但又不是特别害怕

我爸爸以前是个佛

现在也不怎么读经

天天躺在床上

看手机

我爸爸以前是个佛

我舅舅也是个佛

2022.9.23

晨思

天亮了，起床的人穿上一只鞋

对自己说

生命的每一刻都是最后一刻

所以要小心啊

因为一切都将无法更正

穿上另一只鞋的时候

他又说

生命中的每一刻都是最初一刻

所以，要小心啊

这一刻

就是万千循环的开始

是一粒种子

包含着无限的迷惘和酸苦

这个早晨，穿上鞋

他踩一踩脚

小心也无济于事吧

我们只有走着瞧

2022.9.23—27

这一刻 / 就是万千循环的开始

到了秋天

到了秋天

到处看见臭鳖子

看上去懒洋洋

其实它们是命不久矣

刚刚，我用脚尖把一只臭鳖子

从门槛上拨了下去

它摔了个仰八叉

许多细如芒刺的脚乱动起来

我以为它会那样躺很久

却不料它一个鲤鱼打挺

恢复了正常的姿态

很快地爬走了

虽然到了深秋时节

还是有一只臭鳖子

生气勃勃，甚至没有衰弱的迹象

它蹦起来的样子

拒绝了所有的怜悯之意

2022.9.27

像一种复杂的悲伤

想给孩子

留下圆满的遗产

不加说明

就传达了父爱和迷惘

想给少数几个朋友留下赠别的诗

那首诗看起来很一般

有一些显而易见的缺点

但其中一定埋藏着某种优美

朋友们慢慢地感觉到了

却又难以言说

像一种复杂的悲伤

也像欢乐冲破所有想象

还有几只猫

有白有黑有黄

有的只是短暂相伴

有的缘分漫长

我能留给它们什么

只有在它们头顶轻轻摩挲

沉默中，留下那些相互误解的交谈

2022.10.4

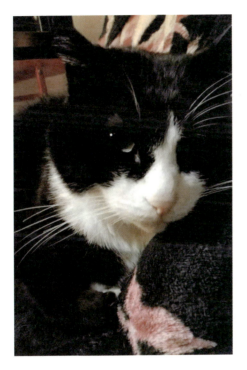

沉默中，留下那些相互误解的交谈

化身

谁是谁的化身
那么多的化身就像无穷的镜像
粉碎所有的镜面之后
是谁出现于我们面前
完全的空虚
雄伟地孤立着

谁是化身
化身来自谁
本体在哪里
漫长岁月中，唯有化身到处闪现
本体沉入
不可思量的深渊

谁和谁，互为化身
许多世界最后只是
一个世界的必要补充
我们是谁的化身
离开我们无穷距离的空间里
是否已布满我们的化身

最后是谁在那里

绝对空虚，绝对孤立

以不可思议的雄伟

2022.10.30

玻璃羊

小声一点
我的羊是玻璃做的
它是一只玻璃羊
它随时可能裂成碎片

老太婆死的时候
带走所有的羊
那些羊和她一起消失
在夜色里

只有我的玻璃羊
第二天早晨还在
它站在大树下，默默传达死者
空洞的遗言

无中生有的玻璃羊
用颤抖的声音说:"可怜!"
今天，它面朝着冬天的阳光
折叠自己

2022.11.8

周村的菩提树

我把路边的一棵树叫作菩提树

每天早晨经过树下

我都稍作停留

我会想起

在菩提树下追寻智慧的人

后来有人说那是构树

不是菩提树

这让我觉得智慧离我远了一步

把构树变成菩提树

如今已经是当务之急

路边有一棵叫作构树的菩提树

我在树下停留

看见树叶与树枝相互脱离，天空和云朵相互脱离

我要牵着你

和我们的妄想相互脱离

2022.11.18

把构树变成菩提树 / 如今已经是当务之急

柳条手杖

如果满坡荒草是你昨日的荒草

那几朵牵牛花就暂时做我的空虚之花吧

心里的万物

似乎已到尽头

周遭的空气里

响起了赞歌

一根柳条手杖陪伴了

一个傻瓜的行程

质地坚韧，分量适中

略有弧度

但不大

2022.11.27

早课

小窗透进晨曦

我打开房门

踏入一片陌生之地

没有内外

没有上下

也没有远近

不知此身是在无限的高度

还是在深渊

早上，我推开房门

看见了寺墙外 的松林

或者，直接踏入虚无

就像踏入假想的星际空间

一片深黑

一片深蓝

漂浮着静默的球体

今天早上

有人走出房间就像走出了旷日持久的

循环，然而玄灯法师说

谁知另一个循环的游戏

是不是由此开启

2022.12.3

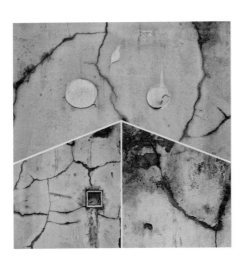

就像踏入假想的星际空间

如慈父般爱护你

如慈父般爱护你

我就能面对自己的慈父

我心甘情愿地爱护的

是那个慈父般的泡影

让自己依止

如果我做一个慈父

我心里的孤儿

也许就不再啼哭

他的小手

被宇宙万物

稳稳地

握在手里

虽然脆弱的身心

还有些颤抖

2022.12.10

书房窗户

现在

严密的隔离

已经失去了意义

挂一幅新窗帘

它要能透光透影

但也略有遮挡

看着窗外的树和竹子

我问自己，我想遮挡的究竟是什么

由外而内

或者由内而外

有怎样微妙的事物，由那个窗口

绵绵无尽地往来

2022.12.11

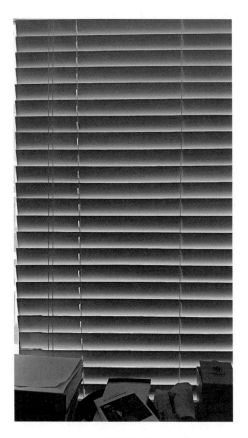

我想遮挡的究竟是什么

泪眼

百思不得其解，我为何

看见什么都会流泪

甚至开怀大笑的时候

也会流泪不止

所以我总是透过泪眼

看这个世界，这一无所有的万花筒

你为我带来的全部幻觉

在方寸之间的舞台上

来来回回地翻滚

和破灭

2022.12.12

留在人世的最后一天

今天，四个朋友来东郊
看望我
其中一人忽然感叹说
"那么，这是你留在人世的
最后一天啊！"
其实，我只是准备第二天去寺庙里住
他的感叹有些突如其来
却像一份顺带的
礼物

当我独自坐在灯光下
外面开始降温
灰色云团沉重地飘落
窗外的树梢
在冷风中
摇动着
我感到温度下降
但我明白，还没有到最冷的时刻

2022.12.16

一体两面

我们有时因为难以入睡而焦虑

就像无法奔赴一个地方

只因为无法离开身处之地

有时又担心一旦入睡

就不再醒来

离开灯火闪烁的村庄

再也无法原路返回

我们躺下，脑袋安置在枕间

有时生有时死

翻来覆去

受困于同一个问题

而这样的问题

却生来无解

我们端详着黑暗

如拉磨的驴

睁圆双眼

却已蒙上眼罩

想起师父曾经说过

万事万物无非是

一体两面

极暗之处有时五彩缤纷

2022.12

第五辑

玻璃壶

点燃

母亲离世后，我每天都在她的遗像前

点燃一根香

一缕香烟直直地升起

有时飘散，我想

这也是一种联系方式

燃烧，使一些消息

越过界限

也许还可以点燃一些其他事物，比如简单的语言

有时我想

也许还有语言深处的沉默

把它们点燃

让它们直直地升起

然后在我们和死者之间

缓慢地盘旋

2023. 1

傀儡

无端地大哭有时又大笑
复杂的表情在脸上掠过
如同旋风吹动树叶婆娑
树根在泥土中静止不动
灵魂深处没有悲喜和苦乐
有时会突然想象
一个人大笑着死去的情景
或者大哭着
二者之间会不会出现混乱
让人困惑

无端地大笑和大哭
我只好听之任之
纵然是生死之间
心里已没有什么秘密
要我加以说明
直到今天，我依然不能知晓
我是谁手里牵动的傀儡

2023.1.26

正月初二

早上

我在母亲遗像前焚香

在心里默默说了三遍"生日快乐"

不知道这样的祝福

还有什么用

能不能赢得母亲的笑容

下午，我端着一只大碗

大碗里空无一物

我端着它，却全神贯注

我端着大碗缓慢行走

仿佛走向一个值得信任的朋友

我说，空的

但心里也在说

妈妈，生日快乐

2023.1.23

琥珀

那辆白色的网约车

侧面有撞击与碰擦的痕迹

但它依然跑得飞快

我是唯一的乘客

怀抱疼痛

不停地调整呼吸

在它的后排座上，默默地

缩成一团

如同半透明的琥珀

而我的其余部分

身穿暗色外套

像个木头人

滞留在路边，滞留在寒冷的风中

目送奇怪的网约车

飞快离去

滞留者

低头看见地面上

一排鲜艳的红灯笼

渐次亮起

网约车带着那颗琥珀

已经驶向了雨夜的天空

2023.3.16

昨夜，我去了南京南边的郑州

昨夜，我去了南京南边的郑州

在那座不存在的城市里

遇见一对年轻夫妻

他们在郑州的街边，推着车

叫卖当地小吃

女的是一个熟人的女儿

她在交谈中提起了另一个熟人

那个熟人几年前自杀身亡

她说起那人的生前

没有说到那人突然的死

就像生活的时间还很多，多得没有边际

而男的是彻底的陌生人

身材和面容有点像还活着的某个人

性格却一点都不像，他特别质朴

让人分不清是纯真还是愚蠢

他说，我们怎么能带这样的作品

去见她的老父亲

说话的时候，他用抓着东西的手指着一本

自印诗集

他的意思是说那样的书

太不成器了

我看见白色的封面上

有一行竖排的仿宋体汉字

昨夜　我去了南京南边的郑州

随后发现自己只是一梦醒来

独自感到疑惑和诧异

2023.6.7

进山

黄昏降临

我准备下山了

年轻的法师对我说

进山不容易

一次上来

不行，就下去

再上来

不行，再下去

下去了又再上来

就是这样一次一次地磨

他说

进山不容易

任何人都要磨

你上山来，下山去

再上山来

就是开始磨了

那棵树一千多年在这里

那片云转眼已经没有踪影

你上来，又下去

并没有一块石头在意

它们早就知道

山峰终究还是在你心里

一趟又一趟

你只是自己磨自己

2023.6.12

并没有一块石头在意

它们刹那间就开放了

朋友在房间里放进一张大桌子和几张椅子。还说，下次可以在房间里喝茶，不会有蚊子。其实我觉得房间外面的过道里，会有穿堂风，坐在那儿喝茶，更惬意，可以更多欣赏园子里的风景，主要是绿树和水面。虽然大雨之后，水面浑浊泛黄。

我问她此前种下的莲花开了吗。她说池塘涨水，种下的莲花已不见踪影。我说，那就先开在心里吧。说完这句话，我看见几朵莲花，透过层层淤积的污泥，生长出来，它们浮现在浑浊的水面上，格外耀眼。

那就先开在心里吧，我对自己说
空幻的莲花
它们开放在心里
或者开放在那些词汇的边上
有时，它们刹那间就开放了

2023.7.18

有时，它们刹那间就开放了

我们已经见过今年夏天最好的瓜与果

立秋诗

夏天虽然过去

天地之间却炎热依旧

阳光有如艾火

一夏天积攒起来的植物枝叶

还在散发着

被轻微灼烧的味道

或许，这种味道是从我们的胸膛里散发出来的

吃下立秋的西瓜

最好的一块

甜蜜多汁

却不肯放弃这夏天

迷恋它的炎热，苦痛，以及无与伦比的

丰盛

今天立秋了

我们已经见过今年夏天最好的瓜与果

是否能分清

吹过竹枝和树叶的哪一缕风

才是第一缕秋天的风

它将把我们带离这个

徘徊不去的夏季

2023.8.8

让自己屈服于简朴……

破晓之前

我在梦中与你重逢

伸手端起

你的脸

仔细看你的眼睛

湿漉漉的

好像是刚刚擦去泪水

脸上有几根乱发

让我看见隐秘的怨恨

和难以抵御的风情

我认真地思考着

我要写一首诗

就这样直接写出来

而且以后都要这样

直接写出来

让自己屈服于简朴

也屈服于这虚拟的微光

后来，一阵强风吹过整个梦境

甚至响起了呼啸声

离别如此长久

我已经把你的脸

磨成了月亮

2023.9.17

每个瞬间都是你降临的瞬间

有谁知道

空无所有的瞬间包含了所有，寂静的瞬间带

来那么多伟大的话语

我们拼命搬运，还不停地补充着致命的陈词

滥调

以恶行为修行

把虚弱的幻觉当作是开悟

崭新的瞬间被归入往事

可是，我看见

每个瞬间都是你降临的瞬间，也是我们初次

与自己相逢的节日

在那棵大树下

多么清醒而又迷醉

崭新的瞬间持续不断地降临

我看见我唯一的导师

在降临，在呼吸

2023.9.26

玻璃壶

我在梦中看见两把玻璃壶

一把略大，一把略小

一把容量是七百毫升

另一把容量是五百毫升

我在梦中挑选着

犹豫着，不知该拿哪一把

不知道大的合适

还是小的更好

后来发现其中一把已经有了茶垢

我在梦中仔细擦洗

让它焕然一新

哦，易碎的宇宙

无谓的物品

无谓的挑选和犹豫

有时在深夜里

无谓地出现

仿佛有谁

淡泊地

给我们一种无法解释的挽留

2023.10.7

睡在高山之巅的孩子

据说，有人想看到完美星空

需要走向无人之境

攀登空气稀薄的高山

受尽寒冷之苦

多年前，有个孩子躺在板凳上睡觉

完美星空总是近在眼前

仰望如同俯视

夜空那么黑

星河闪闪发亮

如此说来

那孩子一定是睡在高山之巅

有时担心自己

连同板凳

会落向无限高处

2023.10.25

你们隐居在星河之侧

我乘坐扁圆而透明的舟筏漫游到

星河之侧

看见你们的星球静止不动

所有房屋都是矮墩墩

圆乎乎

而你们的灵魂暂时显现出

一个假设的身体

它们面目雷同地站立在星球表面

抬头看见我的星槎

悬停在头顶

谁能想到你们的灵魂原来隐居在这儿

在漫长旅途中一觉醒来

我就看见了你们

彼此相望，却始终静默无声

2023.12.10

彼此相望，却始终静默无声

比起其他选项，它才是幸福

后记

这里的诗都是诚实的，它们多来自我生命中的困难时刻，面对那些紧迫而直接的困难，诗人已没有丝毫矫饰的余地。生命中遭遇的无常和悲苦，不仅打击，而且馈赠；不仅馈赠，而且示意。让诗人去接受，去转达，而他必须纯洁如赤子，从容如永生者。

这里的诗是我五年间身体与精神缓慢恢复的核心线索，甚至就是这种恢复过程本身，所以这里的诗，有时只是一种"必要的盘桓"，而非有所期待的奔忙和前进。

这里的诗如其作者，孤立、微弱，与幻觉和梦境连接，与细小的记忆和激情连接，与一个脑出血恢复期病人的忧伤和恐惧连接，有时也与宇宙间微茫的波段连接。这些连接，似乎隐含着无心而成的亲近和疏离。

这里的诗朴素，但不寒酸；有时随意，但不荒率。

这里的诗起于生命的窘境，指向可贵的叫作"释然"的解放时刻。这种"释然"就是这本诗集企图表明的诗学。诗人由此及彼，往返不懈，似乎要摸索尽可能多的途径，写下神奇的穿越"路书"。尽管他心知肚明，这件事近乎妄想。

这里的诗告诉我们，释然未必是对困难的最终解决或对所有痛苦的治愈。有时只不过到达并了知一种悬而未决的状态。这里的诗告诉我们，如实地看见，如实地理解生命的那种"悬而未决"就是"释然"时刻的到来。这种释然就是幸福。或者说，比起其他选项，它才是幸福。

这里的诗告诉我们，这生命无往而非痛苦和迷惑，但这里的诗也努力告知，虽然这生命痛苦而迷惑，幸福也无处不在，无时不在。

所以这里的诗期许着，在作者遥望不及的地方，你拿起这本诗集，看见其中的一首诗，或几个句子，偶然地，获得小小的安慰和帮助，遇见一个意外的"释然"时刻。

这里的诗，本没有什么期许，因为这里的诗，究其本质，只是无目标的"经行"，是诗人个体必须经历的盘桓。所有的期许皆因你而起。某个时刻，愿你想起诗人的提醒和转达（它来自最朴素的日常细节，也来自神秘）。

于东郊小镇

2024 年 4 月 16 日

策　　划 ｜ ★ 大星

出　　品 ｜

出 品 人 ｜ 吴怀尧

产品经理 ｜ 李嘉峥　赵如冰

摄影作品 ｜ 鲁　羊

美术编辑 ｜ 陈　芮

封面原画 ｜ ［德］弗里德里希：《云海中的漫游者》

封面制作 ｜ 王贝贝

特约印制 ｜ 朱　毓

版权所有 ｜ 大星文化

官方电话 ｜ 021-60839180